DREAMBOOKS

DREAMBOOKS

DREAMBOOKS★

南宮匠人

남궁
장인

11

신현재 신무협 장편소설

ORIENTAL FANTASY STORY & ADVENTURE

dream
books
드림북스

남궁장인 11(완결)

초판 1쇄 인쇄 2017년 5월 8일
초판 1쇄 발행 2017년 5월 19일

지은이 신현재
발행인 오영배
기획 박성인
책임편집 편집부
제작 조하늬

펴낸곳 (주)삼양출판사 · 드림북스
주소 서울시 강북구 도봉로 173
대표 전화 02-980-2112 **팩스** 02-983-0660
편집부 전화 02-980-2116 **팩스** 02-983-8201
블로그 blog.naver.com/dreambookss
출판등록 1999년 3월 11일 제9-00046호

© 신현재, 2017

ISBN 979-11-283-9108-8 (04810) / 979-11-313-0600-0 (세트)

드림북스는 (주)삼양출판사의 판타지 · 무협 문학 브랜드입니다.

남궁장인

南宮匠人

신현재 신무협 장편소설

ORIENTAL FANTASY STORY & ADVENTURE

11

dream books
드림북스

목 차

第一章
고장난명 (孤掌難鳴)

　마교 교주 마함천이 도무지 믿을 수 없는 힘으로 남궁혁과 팽천룡을 장난감처럼 갖고 놀고 있을 때, 무림맹 본대라고 놀고 있는 것은 아니었다.

　마함천은 남궁혁과 팽천룡을 상대하러 홀로 떠났지만, 그가 이끌고 온 오십여 명이 있었기 때문이었다.

　그 오십여 명은 마교의 최정예.

　무림맹도 최고 고수 백여 명을 내보냈지만 쉽게 이길 수 있는 상황은 아니었다.

　지리상 불리한 점도 있었다. 설연곡은 다양한 샛길을 통해 진입할 수 있다 보니 무림맹의 고수들은 분산될 수밖에 없었다.

팽천룡과 남궁혁이 한 샛길을 지키고 있었던 것처럼 말이다.

반면 마교의 무인들은 오십여 명이 한 길로 진입하며 빠르게 무림맹의 전선을 돌파하고 있었다.

은태림을 비롯한 정보 부대가 설연곡 곳곳을 뛰어다니며 전황을 전하고 마인들이 몰려온 길로 사람들을 이끈 덕분에 간신히 동률이 됐지만, 힘의 균형이 비등비등할 때쯤엔 무림맹의 고수가 열 명은 죽어 나간 후였다.

은태림은 계속해서 고수들을 한곳으로 모으러 뛰어다녔다.

그러면서도 그는 계속 한곳에서 머문 채 움직이지 않는 일단의 무리들에 대해 촉각을 곤두세웠다.

꽤 많은 숫자가 계곡 건너편에 대기 중이었고, 은태림 못지않게 날랜 이들 한두 명이 전황을 확인하며 계속 보고하고 있었다.

허나 별다른 움직임이 없었다.

적은 아닌 것 같았다. 적이었다면 분명 무림맹이 불리한 상황일 때 뒤를 쳤거나, 아니면 정도 무림이 거점으로 삼고 있는 화산으로 돌아가 그곳을 쳤을 테니까.

적이 아니라면 아군인 건데, 아군이라면 그 또한 이상했다.

맹이 불리할 때 도우려고 나서지도 않았으니까.

정체도 모르겠고 목적도 알 수 없는 이들이었다.

무림 어딘가에 존재하는 신비문파 같은 게 정세를 관찰 중인 건지.

은태림은 결국 그들에게 신경 쓰기를 포기했다.

뭔가 움직임이 있다면 모를까, 저렇게 망부석처럼 가만히 있는데 신경 쓸 여유는 없었다.

당장 은태림도 검을 들어야 하는 상황이었다.

은태림이 그들에 대한 감시를 거두자, 전황을 살피던 이들 두엇이 다시 계곡 너머로 돌아왔다.

그곳에는 약 백여 명의 무인들이 기척을 감추고 대기하고 있었다.

아무런 장식도 없는 흰 무복에 흰 복면을 쓴 그들은 벼린 칼날 같은 눈빛을 한 채, 그들의 우두머리가 명령을 내리길 기다리고 있었다.

"전황은 어떻지?"

첩보를 보낸 이들이 돌아오자 우두머리가 물었다.

가늘고 여리지만 날이 선 목소리였다.

우두머리는 키도 작고 몸집도 작았다.

그 몸집에 맞는 작은 세검이 허리춤에 걸려 있었다.

우두머리의 물음에 첩보들이 무릎을 꿇고 답했다.

"처음에는 무림맹이 밀리다가 차츰 결집해서 지금은 비등비등합니다."

"원하시는 사냥감은 여기에 나타나지 않았습니다. 아무래도 다른 쪽으로 향한 듯싶습니다."

"다른 쪽이라…… 교주가 모습을 드러냈다는 소식을 듣고 바로 달려왔는데 이렇게 허탕인가?"

우두머리가 한숨을 푹 쉬며 얼굴의 반을 가린 복면을 벗었다.

흰 복면을 벗자 새벽이슬을 머금은 작은 국화 같은 얼굴이 드러났다.

앳된 외모와는 달리 그녀의 표정에는 비장함이 감돌았고, 눈빛은 서슬 푸르게 빛났다.

"어떻게 하시겠습니까, 아가씨."

아가씨라 불린 여인은 자신을 바라보는 이들을 쭉 둘러보았다.

그녀의 이름은 모용청연.

전날 모용세가와 마교의 결탁을 반대하고 이들의 음모를 와해하는 데 큰 공을 세웠지만, 가문의 죄를 부끄러워하며 가솔들을 이끌고 중원 무림의 그늘로 사라졌던 남궁혁의 오랜 친우였다.

그녀는 남궁혁에게 이별을 고한 후, 당시 천라지망을 형

성하러 떠났던 가문의 고수들을 모아 첩첩산중으로 몸을 숨겼다.

그리고 마교에 대한 와신상담을 잊지 않으며 칼을 갈았다.

목표는 마교를 타도하는 것.

그를 위해서 모용청연은 자신들의 역할을 정했다.

한 끗 차.

마교와 무림맹의 전력이 비등해서 쉽게 우열을 가릴 수 없을 때 그들이 한 끗을 결정짓는 것이다.

무림의 전쟁에서 전세라는 것은 단 한 명의 고수로도 바뀔 수 있다.

그런데 모용세가의 고수 백여 명이 가세한다면?

무림맹의 승리는 당연한 일이다.

그를 위해서는 지금 당장 참전하는 것이 제일 좋았다.

각 진영 최고 고수들끼리의 싸움.

거기서 승기를 잡고 그대로 밀어붙이면 무림맹의 승리가 담보되리라.

하지만 모용청연은 찝찝함을 느꼈다.

시원하게 이기길 바라는 것은 정도 무림만이 아니다.

마교 또한 그럴 것이다.

마냥 진령산맥 이북에만 있을 수는 없는 노릇 아닌가.

마함천이라는 패가 나왔다.

그가 전선을 진두지휘하며 밀어붙인다면 마교에게 극히 이득인 일인데, 그가 사라졌다.

마함천이 없는 전장에 가세해 이기는 것이 과연 얼마나 이득이 될 것인가?

마교가 무슨 잔꾀를 부리고 있는 걸지도 몰랐다.

모용청연이 이끌고 있는 고수들처럼, 마교가 자신들이 파악하지 못하고 있는 함정을 알아내기 위한 수가 아닐까.

마음 같아선 당장 참전하고 싶었지만 모용청연은 이제 모용세가의 말괄량이 둘째 아가씨가 아니었다.

그녀는 모용세가 무인들의 정신적 지주요 실질적인 가주.

지난날 뿔뿔이 흩어져 버릴 뻔했던 모용세가의 정파인으로서의 자부심을 붙잡아 여기까지 이끈 이였다.

더 이상 혼자가 아니었고, 그녀의 결정에 모용가 백 명 무인들의 목숨이, 그리고 모용세가의 이름이 걸려 있었다.

"설연곡 후방으로 간 이들은 아직인가?"

"슬슬 돌아올 때가 됐습니다."

"그들을 좀 더 기다려 보자. 마함천이 화산에 남아 있는 본대를 혈혈단신으로 칠 가능성도 있어. 그자는 마교 최고의 고수일 테니 그런 허무맹랑한 전략도 가능할 거야. 만약 그렇다면 우리는 마교 교주를 치러 움직인다."

"알겠습니다."

모용청연은 마교의 다른 어떤 고수보다도 마함천을 잡길 원했다.

그는 마교의 상징, 가문의 복수를 하기에 그보다 더 적합한 대상은 없었다.

모용청연의 결정에 모두들 고개를 끄덕였다.

아직도 소녀처럼 보이는 그녀에게 바치는 모용세가 무인들의 복종은 그야말로 절대적이었다.

모용청연은 명령을 내리곤 다시 전투가 벌어지고 있는 설연곡 쪽을 바라보았다.

짙은 피 냄새가 바람을 타고 모용청연의 코끝을 스쳤다.

모용청연은 저절로 눈을 찡그렸다.

그녀 또한 무인이요 손에 피를 묻히는 것을 주저하는 이가 아니었으나, 이 혈향 속에 그녀의 친애하는 친우가 있을까 염려되는 것은 어쩔 수 없는 일이었다.

남궁혁 또한 설연곡으로 달려간 무림맹의 고수 중 한 명임을 확인했으니까.

'내가 걱정할 필요도 없을 정도로 강한 녀석이지만, 그래도 무사했으면. 모든 일을 마치고 한 번쯤은 얼굴을 보러갈 수 있게 말이야.'

모용청연은 마지막으로 봤던 남궁혁의 얼굴을 떠올리면

서 다시 복면으로 입가를 가렸다.

남궁혁을 떠올릴 때 그녀의 얼굴은 애달파진다.

자신을 따르는 무인들에게 보여 줄 성질의 것은 아니었다.

남을 이끄는 이의 자리란 때때로 개인의 감정을 일부 숨길 줄 알아야 한다.

그때 또 한 명의 첩보원이 계곡을 넘어 돌아왔다. 설연곡 뒤로 보냈던 이였다. 그는 달려와 모용청연의 앞에 무릎 꿇었다.

"뒤쪽 상황은 어떻지?"

"아가씨. 그, 그게 말입니다…….'

첩보원은 말을 더듬었다. 갑자기 없던 말더듬이 병이라도 생겼나, 모용청연이 그자를 내려다보았다.

뭔가 좀 이상했다.

헛것이라도 본 사람 같았다.

얼굴은 흰 복면만큼이나 새하얗게 질려 있었고 눈동자는 갈피를 잡지 못하고 이리저리 흔들렸다.

대체 뭐에 이렇게 겁을 먹었단 말인가?

모용청연이 몸을 숙여 그자와 시선을 마주쳤다.

"뭐지? 똑바로 말해 봐."

"……엄청난 것이 설연곡 안 쪽에 있습니다."

"엄청난 것?"

막연한 말에 모용청연이 눈썹을 찌푸렸다.

지금처럼 찰나가 중요한 시기에 이런 두루뭉술한 말이라니.

"대체 뭘 봤는지 정확히 얘기해. 사람을 봤어? 정파인? 아니면 마인? 당신이 이름을 알 정도로 주요 인물인가?"

"저, 정파인이랑 마인, 둘 다입니다."

모용청연이 대답할 말을 정리해 주자 그는 좀 정신이 드는지 하나둘 말을 내뱉었다. 그러자 모용청연의 얼굴이 좀 풀렸다.

대체 무엇인지는 몰라도 그가 아주 중요한 것을 보고 온 게 분명했다.

모용세가의 손꼽히는 정예가 넋을 잃을 정도로 말이다.

그리고 그자의 다음 말에 모용청연도 순간 넋을 잃었다.

"마교 교주 마함천, 그리고 팽가의 소가주 팽천룡, 남궁 장인가의 남궁혁이 일전을 벌이고 있습니다."

"……뭐, 라고?"

"마교 교주가 설연곡 후방에 있다는 겐가? 확실한가?"

놀란 모용청연을 대신해 다른 백의인이 물었다.

첩보를 다녀온 이는 마치 목이 부러질 듯 거세게 고개를 끄덕였다.

"비록 가까이 다가가지는 못해서 정확히 확인하진 못했습니다만, 옷차림은 지난번 확인한 마함천의 것이 맞았습니다. 지난번에는 검었던 머리가 희게 새어 좀 더 가까이에서 확인해 보느라 늦었습니다. 게다가 그 마기와 가공할 만한 무력…… 마교 내에서 그만한 위력을 가진 자는 마교주밖에 없다고 사료됩니다."

"팽 소협과 남궁 소협이 그들을 상대하고 있다고 했나?"

"예. 그렇습니다."

마함천이 뒤를 돌아 무림맹 본대를 치려다가 남궁혁과 팽천룡을 마주친 걸까?

마뇌가 두 사람을 무림맹의 신성으로 간주해 제거하려고 한다는 이유를 모르는 모용청연은 그 정도로 추리할 수밖에 없었다.

"좋아. 당장 그쪽으로 향하자. 안내해."

"……저희가 가도 도움이 될까 의문입니다, 아가씨."

"그건 또 무슨 소리지? 마교 교주가 어디 있는지를 확인했고, 맹의 고수들이 그들을 상대하고 있다는 데 당장 달려가야지. 그들을 도와야 할 거 아니냐!"

남궁혁이 마함천을 상대하고 있다는 말에 모용청연이 다소 흥분한 목소리로 내뱉었다.

하지만 첩보를 나갔던 이의 얼굴에서는 그늘이 걷혀지질

않았다.

"그자, 마함천은…… 도무지 인간의 힘으로 당해 낼 수 없을 겁니다. 아마 두 소협도 이미 유명을 달리했을 겁니다."

짜악—

모용청연의 손바닥이 매섭게 무인의 뺨을 갈겼다. 그녀의 표정은 싸늘하게 식어 있었다.

그녀는 그를 향해 일갈을 내뱉었다.

"네 녀석이 그러고도 모용가의 사람이더냐! 가문이 당했던 수모를 생각한다면 결코 그런 나약한 말을 입에 담을 수 없을 텐데!"

"죄, 죄송합니다, 아가씨. 실언했습니다."

무인은 고개를 푹 수그렸다.

자신이 겁에 질린 소리를 했다는 사실은 알고 있었다. 하지만 겁에 질릴 수밖에 없었다.

그는 눈앞에서 절벽이 가루가 되고 흙먼지가 터지며 현경의 고수를 손쉽게 압박하는 모습을 두 눈으로 똑똑히 보았다.

현경의 고수가 그럴진대 화경의 무인은 어떻겠는가.

마함천의 공격에 배를 가격당하고 땅바닥을 구르는 것이 모용세가의 무인이 본 남궁혁의 마지막이었다.

모용가의 무사들이 나선다고 이길 수 있는 수준이 아님

은 확실했다.

하지만 모용청연의 말도 맞았다. 모용가의 수모를 생각한다면 초개처럼 스러진다고 해도 마함천을 상대해야 했다.

그래야 무림맹이 대비할 시간이라도 벌어 줄 거 아닌가.

"당장 그곳으로 향한다. 안내해."

모용청연의 말이 떨어지자 백여 명의 백의인이 몸을 움직였다.

은막 속에서 오명을 씻을 기회를 엿보던 모용세가가 드디어 정마대전의 역사에 한 줄을 새기는 순간이었다.

*   *   *

모용청연의 결정에 따라 모용세가의 무인들이 급하게 움직이고, 무림맹의 무인들은 마인들을 상대하며 치열하게 피를 흘리고 있었다.

그리고 팽천룡은 두 눈을 부릅뜬 채 눈앞에서 벌어지는 일들을 지켜보고 있었다.

남궁혁이 뭔가 수가 있다며, 신호를 보내면 뛰어들라고 한 것이 바로 조금 전.

자신에게 무슨 일이 생긴다면 남궁장인가를 부탁한다는, 마치 유언 같은 전음을 남긴 남궁혁은 갑자기 엄청난 기세를 뿜어내기 시작했다.

그리고 놀랍게도 마함천을 정면으로 맞상대하기 시작했다.

현경의 경지에 오른 팽천룡마저 손 하나 까딱할 수 없게 만들었던 그 마함천을 말이다!

마함천을 궁지로 몰아넣을 정도는 아니었지만, 마함천의 여유만만한 표정이 무너질 정도는 되었다.

그 순간부터 팽천룡은 그 싸움에서 눈을 떼지 못했다.

정확히는 남궁혁에게 모든 감각을 집중했다.

남궁혁의 움직임 하나, 호흡 하나, 시선 처리 하나까지 팽천룡은 놓치지 않았다.

그들의 싸움은 정말 경이로웠다.

마치 이 세상이 정, 반, 합의 과정을 거쳐 만들어졌다가 다시 부서지고 또다시 만들어지는 것처럼 설연곡 일대가 들썩였다.

마함천이 부쉈던 절벽의 흙더미는 남궁혁의 검 끝에서 다시 커다란 낙석이 되어 마함천에게 날아갔고, 낙석은 다시 산산이 부서져 남궁혁을 덮쳤다.

마함천의 힘이 마치 갑자기 딛고 있던 땅을 푹 꺼지게 하는 것처럼 사람에게 극도의 절망감을 주는 힘이었다면, 남궁혁의 힘은 하늘이 세상을 품어 버리듯 안온하면서도 절대적인 힘이었다.

남궁혁의 힘이 다소 밀렸지만 그 위력은 무시할 수 있는 수준이 아니었다.

마함천의 힘을 먼저 실감하지 않았더라면 팽천룡은 남궁혁에게 엄청난 패배감을 느꼈을 것이다.

그리고 남궁혁은 서른도 되지 않은 나이에 천하제일인이 되어 그 자리를 결코 후배들에게 내주지 않았을 것이다.

천하제일인이 뭔가. 무림 역사를 통틀어 고금 제일인이라 불렸으리라.

팽천룡은 침을 꿀꺽 삼켰다. 하지만 남궁혁의 자질이 그 정도는 안 된다는 사실을 팽천룡도 잘 알았다.

남궁혁의 대단한 점은 타고난 근골이나 무에 대한 자질이 아닌, 도무지 감을 잡을 수 없는 어떤 신비한 영역에 있었다.

마치 자신들과는 다른 세상을 보는 것 같은 시야와 통찰력이 남궁혁의 뛰어난 점이었다.

남궁혁이 지금 선보이는 이 실력은 그의 뛰어난 점과는 거리가 멀었다.

전설 속 고인들 중에서는 선천지기를 태워 순간적으로 결코 인간의 힘이라 할 수 없는 경천동지할 실력을 선보이는 경우가 있다고 했다.

어쩌면 남궁혁은 자신이 모르는 그런 비기를 습득했을 수도 있었다.

남궁혁이라는 남자는 언제나 팽천룡의 예상을 벗어나곤 했으니까.

허나 도무지 선천지기를 태운다고 해도 이 실력은 납득이 가질 않았다.

회광반조도 한계가 있는 것이다.

뭔가 비밀이 있다면, 남궁혁이 들고 있는 저 검. 저 검이었다.

남궁혁은 검에 대해서 뭔가를 말하려 했다.

그리고 지금 남궁혁의 모습을 하나도 놓치지 않고 지켜보고 있는 팽천룡은 남궁혁의 가공할 만한 힘이 오로지 검에서만 발출된다는 사실을 알아차렸다.

'천신이검이라고 했던가⋯⋯!'

설마 저 검이 남궁혁의 힘을 극도로 끌어올려 주고 있는 것일까?

아니라면 저 가공할 힘이 천신이검에서 나오는 것일까?

손에 땀이 나는 것이 느껴졌다.

눈앞에서 일어나는 일도 믿기 어려울 정도인데 천신이검 또한 상상의 범주를 벗어났다.

남궁혁이 감히 천신이라는 이름을 붙일 정도로 대단한 검!

그 검과 마교 제일인, 그리고 언제나 예측 불가능한 자신의 친우가 경천동지할 싸움을 벌이고 있다!

팽천룡은 알까.

지금 이 순간, 인간으로서는 감히 엿볼 수도 없는 초월적인 세계를 온몸으로 접한 경험이 그를 훗날 고금 제일인으로 만들리라는 것을.

사람은 자신이 보고, 듣고, 느낀 세상까지만 발을 뻗을 수 있다.

그리고 팽천룡은 지금까지도 없었고 앞으로도 없을 초유의 경지를 눈앞에서 보고 있었다.

그것도 하나도 아니고 둘을!

한 번 이런 세상을 보면 자신의 경지에는 만족할 수 없다.

더 높은 세상을 보았기에 사고방식도 행동도 달라진다.

팽천룡에게는 이를 뒷받침할 자질과 의지, 거기에 얼마든지 이를 지원해 줄 수 있는 가문까지 있었다.

지금 이 순간, 이 자리에 있는 것은 팽천룡에게 있어 천운이나 마찬가지였다.

허나 그것은 먼 훗날의 일.

지금은 그저 용과 용이 하늘을 부수고 땅을 뒤흔드는 것 같은 싸움을 지켜보는 수밖에 없었다.

팽천룡이 지금까지 알던 세계와 상식이 산산이 부서지건 말건, 남궁혁은 고집스럽게 앞으로 한 걸음 한 걸음 나아가고 있었다.

천신이검에 내공을 쏟아 부으며 그 힘을 일깨운 후, 남궁혁은 그 어떤 것에도 신경을 쓸 수 없었다.

그저 마함천을 향해 한 발짝 한 발짝 나아갈 뿐이었다.

천신이검은 그 강대한 위력도 위력이지만, 또 다른 독특한 성질이 있다.

바로 마기를 중화시키는 것!

남궁혁은 이를 악물었다. 일전에 마인들이 무림맹에 쳐들어왔을 때, 남궁혁은 천신이검을 들고 강력한 힘을 가진 마인들과 일 대 다수로 싸우며 눈앞에 있던 마인들의 실력이 갑자기 약해지는 것을 몸소 체험했다.

그 덕분에 그들을 이길 수 있었고, 위험한 상황에서 빠져나올 수 있었다.

그때 세운 가설이 하나 있었다.

천신이검은 마인들을 마신 재림 이전의 힘으로 돌려보낸다는 것.

눈앞의 마함천은 도무지 믿기 힘든 실력을 선보였다.

그 또한 마인이니 마신 재림의 덕을 보았을 것.

그렇다면 마함천의 힘은 마신이 그에게 내려 준 특별한

힘이 분명했다.

마교 교주이니 마신 재림 이전의 실력도 대단했겠지만, 지금보다는 약할 게 분명했다.

'그 정도까지만 되어 준다면……!'

남궁혁은 검을 쥔 손에 힘을 주었다.

천신이검이 발산하는 힘 때문에 손아귀가 찢어질 것 같았다.

그러면서 또 한 발짝 앞으로 나아갔다.

천신이검이 일으킨 검풍은 마치 태풍과 같은 기세로 그들을 감쌌고, 주변의 계곡을 전부 무너트리며 마함천의 공격을 무력화시키고 때때로 공격을 가했다.

천신이검은 마치 거머리처럼 남궁혁의 내공을 게걸스럽게 먹어 치웠다.

과연 버틸 수 있을까, 천신이검이 마인의 힘을 무력화시키는 범위까지.

일전에 겪어 봤을 때 그 범위는 서른 보(步).

마함천에게 조금 더 다가가야 했다.

하지만 마함천도 지금 이 상황이 뭔가 아니라고 느꼈는지 남궁혁에게서 조금씩 물러나고 있어서 쉽지는 않았다.

가공할 무력의 위협을 피하고, 때로는 와해하면서, 내공이 바닥나기 전에 마함천의 기세를 꺾어야 한다……!

'조금만, 조금만 더……!'

남궁혁의 악문 잇새에서 피가 흐르기 시작했다.

이제 내공은 바닥을 보이기 시작했다. 남궁혁은 온몸을 흐르는 미세한 혈도의 내공 한 줌까지 긁어모아 천신이검으로 흘려보냈다.

자신이 이 자리에서 쓰러진다고 해도, 그 뒤에는 팽천룡이 있다.

남궁혁이 마함천의 기세를 꺾어 놓으면, 팽천룡이 마함천의 목을 베어 줄 것이다.

그렇다면 자신은 유명을 달리한다고 해도 괜찮았다.

팽천룡은 똑똑한 놈이다. 지금쯤 천신이검이 어떤 검인지 눈치챘을 것이다.

마함천의 기세를 꺾는 것까지 성공한다면 그 또한 알아차릴 것이다.

뒤를 부탁할 든든한 사람이 있다는 것이 얼마나 사람을 강하게 만드는지.

남궁장인가도 걱정은 없다.

제자인 진우는 이제 남궁혁의 장인으로서 기술을 거의 다 물려받았다.

게다가 아버지도 아직 정정하시다.

장인 명가 남궁장인가의 명성은 남궁혁이 없어도 쭉 이

고장난명 (孤掌難鳴) 27

어지리라.

후손 하나 보지 못하고 세상을 뜨는 것이 다소 아쉽다는 생각이 들었지만, 대신 남궁혁의 이름은 무림사에 영원히 남을 것이다.

물론 정파 무림이 이긴다면 말이다.

'도영, 미안해요.'

한 번도 소리 내어 불러본 적 없는 이름을 속으로만 다정히 되새기고, 남궁혁은 마지막 남은 내공을 짜내어 한 걸음을 내디뎠다.

삼십 보. 마함천이 범위 안에 들어왔다.

그 순간 벌어진 현상은 이 전장을 지켜볼 수밖에 없던 팽천룡을 또 한 번 놀라게 했다.

주변에 들끓던 기의 출렁임은 온데간데없고, 마치 바람한 점 없는 바다 위 무풍지대처럼 주위가 고요해졌다.

하늘을 가리던 뿌연 흙먼지는 갑자기 힘을 잃은 듯 비처럼 후두둑 떨어졌다.

도무지 끼어들 엄두가 안 나던, 자신이 있는 세상과 전혀다른 세상 같았던 그곳에 균열이 생기기 시작했다.

그리고 가장 큰 균열은 바로 마함천의 표정에서 일어났다.

가뭄으로 쩍쩍 갈라진 땅 표면처럼 마함천의 얼굴이 기

괴할 정도로 일그러졌다.

"이게 무슨……?"

문자 그대로 천지를 뒤집을 수 있을 것 같던 힘이 갑자기
사라졌다.

아직 제 몸의 한계인 반 각이 미처 지나지도 않았는데!

덕분에 육신의 파멸은 막았지만 마함천은 전혀 기쁘지
않았다.

그는 자신의 눈앞에 선 남궁혁을 무서운 눈으로 쏘아보
았다.

남궁혁도 마함천과 마찬가지였다.

늘 여유롭고, 어딘지 모를 먼 곳을 바라보고 있던 느긋한
얼굴은 어디 간 채 천둥 번개가 치는 하늘처럼 인상을 찌푸
리고 있었다.

거친 숨을 몰아쉬었고 얼굴은 시체처럼 창백했다.

당장이라도 쓰러질 것 같은 모습을 하곤, 천신이검을 땅
에 박고 그 자리에 겨우 버티고 서 있었다.

한계에 다다른 듯 보였다.

천신이검에서는 여전히 강한 힘이 느껴졌지만, 아까 마
함천을 상대하던 때만큼은 아니었다.

마함천은 본능적으로 느꼈다. 저자가 뭔가를 했다. 저자
가, 자신에게 허락된 강대한 마신의 힘을 걷어가 버렸다.

마함천의 두 눈에서 불길이 일었다.

『……지금이야.』

마함천이 분노 가득한 눈으로 남궁혁을 노려볼 때, 남궁혁의 전음이 팽천룡에게 닿았다.

지금이 바로 '그때'였다.

팽천룡의 발이 빠르게 지면을 박찼다.

마함천이 검에 맹렬한 기세를 담아 남궁혁의 앞으로 쏘아져 나왔다.

많은 힘을 잃었음에도 그의 검에는 여전히 마교의 교주다운 위력이 넘실거렸다.

전력을 쏟아부은, 더 이상 여유가 없는 남궁혁이 저 일격을 맞았다간 그대로 죽음을 맞이할 게 빤했다.

"감히—!"

하늘을 두 동강 낼 것 같은 마함천의 일 검!

"혁아!"

콰과과과광—!

마함천과 남궁혁 사이로 끼어든 팽천룡의 도가 일격을 막아 내며, 마치 화산이 폭발하는 것 같은 굉음을 내질렀다.

마함천의 일격을 받아 낸 팽천룡의 손이 부르르 떨렸다.

엄청난 힘이었다. 하지만 아까 엿보았던, 반 각도 안 되는 시간 동안 팽천룡을 전율케 했던 초월적인 힘은 아니었다.

강했으나, 감당할 수 있었다.

『뒤를, 부탁할게…….』

남궁혁의 흐릿한 전음이 들려왔다.

뒤에서는 두 무릎이 털썩 꺾이는 소리가 났다.

땅바닥에 꽂힌 천신이검에서는 웅웅—하는 공명음이 들려왔다.

팽천룡은 도를 다시 고쳐 쥐었다. 그리고 눈앞의 마함천을 향해 달려들었다.

눈앞에서 팽천룡과 마함천의 싸움이 시작되었지만 남궁혁은 이 싸움을 지켜볼 수가 없었다.

그의 온몸은 물을 먹은 솜처럼 축축했고, 어깨와 목은 천근추를 달아 놓은 것처럼 무거웠다.

바닥에 주저앉은 다리로 느껴지는 팽천룡과 마함천이 싸우는 진동만이, 주변에서 뭔가가 벌어지고 있다는 사실을 알려 줄 뿐이었다.

무릎을 꿇었음에도 기어코 손에서 놓지 않은 천신이검은 남궁혁에게 정신을 잃지 말라는 듯 웅웅— 하는 공명음을 내었다.

정신이 흐릿해졌지만 아예 넋을 놓을 수는 없었다.

지금도 계속 천신이검이 그의 내공을 짜내 가고 있었으니까.

단전이며 혈도며 내공이 싸라기만큼도 남지 않은 상황인데도 천신이검은 남궁혁에게 계속해서 자신이 흡수할 '기'를 요구했다.

그 기가 내기든, 생기든 상관하지 않았다.

아무리 마기를 빼냈어도 타고나길 마신석에서 태어난 검이다 이건지.

정신이 흐릿하고 자신을 향해 공격이 날아드는지 아닌지도 분간할 수 없는 상황에서 남궁혁은 겨우 입꼬리를 올려 피식 웃었다.

정말 천신이검은 자신의 손을 벗어난 괴물 같은 검이었다.

하지만 이 검을 놓을 수는 없었다.

남궁혁이 천신이검에서 손을 놓는 순간, 마함천은 다시 그 초월적인 힘을 회복할 테니까.

그걸 막기 위해서 내기로도, 생기로도 모자란다면 남궁혁은 자신의 혼백까지 내어놓을 수 있었다.

그 의지를 알아차렸는지 천신이검은 더욱 맹렬하게 남궁혁의 온몸을 쥐어 짜내기 시작했다.

남궁혁의 몸이 뻣뻣하게 굳어 갔다.

검병을 마주잡고 있는 두 손은 한겨울 나무 끝에 달린 한 장의 나뭇잎처럼 버석거렸고 온몸은 나무토막 같았다.

까딱 움직이는 것조차도 엄청난 일처럼 느껴졌다.

그는 이렇게 죽어 가고 있는 것이다.

마함천이라는 희대의 마인을 잡기 위해, 자신의 생명을 내던져서.

이 정도면 꽤나 훌륭한 죽음이 아닌가?

이전 삶을 생각한다면 말이다.

고작 마인 하나를 베지 못하고 발악하다가 버러지처럼 죽었던 것에 비하면.

남궁혁이 여태껏 베어 온 마인의 수와 파훼한 마교의 수법들만 해도 셀 수 없이 많았다.

거기에 마교의 교주를 죽이는 데 일조하기까지.

무인의 삶으로 이보다 더 보람찰 수 없으리라.

'왜 이렇게 아쉽지.'

흐릿해져 가는 정신 속, 한 가지 감정이 부유하듯 떠올랐다.

모든 힘을 뺐을 때야만 비로소 물 위에 몸이 자연스럽게 두둥실 뜨는 것처럼.

새로운 삶을 살게 된 이후 마교 타도라는 한 가지 목적을 위해 살았던 그의 삶은 몸에 가득 힘을 주고 헤엄치는 것 같 았다.

그런데 그 삶이 아쉬웠다.

안타까웠다.

후회가 들었다.

어째서? 그의 목적은 그거 하나면 충분했을 텐데.

왜 그게 아쉬운 걸까.

장인으로서도 남궁혁은 중원 무림의 정점에 섰다.

마신석이라는 엄청난 재료를 빌렸다지만 그걸 천신이검 의 형태로 완성한 것은 남궁혁이 아닌가.

그가 아니었다면 그 누구도 할 수 없는 작업이었으리라.

일가를 이뤘고, 못다 한 효도도 했고, 좋은 친구들이 생 겼고, 눈에 넣어도 안 아픈 제자들도 길렀다.

이전 삶이었다면 감히 쳐다보지도 못 했을 미인들이 관 심과 호의를 보냈고, 사랑하는 그녀와 마음이 통하기도 했 다.

민도영과 혼인해 아이를 보지는 못했지만 그 일은 부러 미룬 측면이 있었다.

마교라는 위험 요소를 안은 채 그녀와 혼인하고 싶지는 않았다.

마교가 호시탐탐 중원을 노리는 것을 멈추지 않는다면

남궁혁은 언제나 이전 삶에서 겪었던 죽음의 공포를 가슴속에 간직하고 살 테니까.

그리고 언젠간 지금 이 순간처럼 마교를 상대하다가 죽을 테니까.

사랑하는 여인이 훗날 다른 좋은 이를 만나 행복할지언정, 그녀를 죽은 자신만 그리워하는 미망인으로 만들고 싶진 않았다.

그러니 이 또한 남궁혁이 느끼는 아쉬움의 정체는 아니었다.

이미 남궁혁 스스로 결정을 내린 부분이었으니까.

'나는 대체 무엇을 위해서…….'

허나 아쉬움은 가시질 않았다.

어째서 그렇게 마교 타도에 목숨을 걸었을까. 마치 홀린 사람처럼 말이다.

처음에는 그 이유가 명확했다.

또 한 번 그처럼 죽고 싶지 않았다.

무력하게, 아무것도 하지 못하고, 후회만 가득한 괴로운 죽음 말이다.

이전 삶에서 느낀 죽음의 공포가 마교를 막아 내야 한다는 남궁혁의 목적을 지탱했다.

그래서 힘을 기르고 실력을 쌓았다.

마교의 계략을 하나둘 파훼해 갈 때마다 공포는 조금씩 옅어졌다.

지난 삶처럼 그는 무력하지 않았다.

그러자 맹목적인 목적만 남았다.

이유가 없는 목적은 쉽게 스러지기 마련이다.

허나 남궁혁의 것은 그렇지 않았다. 오히려 파르라니 살아 있었다.

왜, 자신은 이토록 거리낌 없이 목숨을 내던질 수 있었을까.

아무 이유도 없는데.

그저 마교를 막아야 한다는 관념적인 목적만이 남아 있을 뿐인데.

적을 막아 내는 것, 자신의 눈앞에 날아오는 검을 막으려 하는 건 인간의 본능이다.

하지만 그 검을 막기 위해 몸을 던지진 않는다.

사람이라면 그 검을 피하기 위해 애를 쓴다. 목숨을 초개처럼 내던지진 않는다.

그건 본능을 거스르는 행위다. 보통은, 살고 싶어 한다.

살고 싶다.

부유하던 아쉬움이 형태를 잡았다.

그랬다. 살고 싶었다.

남궁혁은 이렇게 죽고 싶지 않았다.

살아서 더 많은 걸 하고 싶었다.

그랬기에 목숨을 던질 각오를 했다.

마교가 중원을 노리는 한 살아도 산 것이 아님을 잘 알고 있으니까.

그는 행복하게 살고 싶었다.

이번 삶이 너무나 소중했다.

이전 삶이 하지 못한 것을 많이 이뤄 냈으나 그다음을 보고 싶었고, 못다 한 효도를 했지만 여전히 부족하게 느껴졌고, 제자들은 아직도 어렸으며 친우들과 기울일 술은 한참이나 많이 남았다.

민도영이 다른 이와 행복해지길 바라기보다, 자신이 그녀를 행복하게 만들 수 있기를 원했다.

그녀와 자신을 닮은 아이를 품에 안고 감격에 차 울고 싶었다.

그 아이에게 모든 것을 최고로만 해 주겠다고 다짐하며 의지를 불태우고 싶었다.

때론 서로 속상할 일도 있겠지만, 그마저도 누리고 살고 싶었다.

인간이란 어찌나 욕심이 많은지.

두 번의 삶을 살았는데도 아직도 아쉬운 것이 가득하고

하고 싶은 일이 많다.

이렇게 죽고 싶지 않다. 살고 싶다.

세 번째 삶은 없을 테니까.

설령 세 번째 삶이 주어진다고 해도 지금과는 너무나 많은 것이 다를 테니까.

"이렇게, 죽을 순 없어……!"

순간 놀라운 일이 벌어졌다.

마른 나뭇가지처럼 바싹 말랐던 남궁혁의 손에 생기가 돌았다.

천신이검에 기댄 채, 마치 죽은 시체처럼 힘이 없던 남궁혁의 목소리에 다시금 힘이 생겼다.

"당연하지. 넌 나랑 한 약속도 아직 안 지켰잖아."

순간 귓가에 다정한 목소리가 감돌았다.

무척이나 그리워했던 오랜 친우의 목소리였다.

천근의 무게가 얹힌 것 같던 눈꺼풀이 천천히 들어 올려졌다.

그 안에 드러난 남궁혁의 눈은 그 무엇보다도 빛이 났다.

그의 눈앞에는 흰 복면을 한 사람이 서 있었다.

복면이 얼굴의 반을 가렸지만 남궁혁은 그가 누군지 알아볼 수 있었다.

눈빛만 봐도 알았다.

전과는 달리 비장함과 무게감이 있는, 복수심을 갈무리한 눈빛.

하지만 남궁혁이 그리워하던 재기 발랄한 소녀의 눈빛도 여전히 자리해 있었다.

"청연아……!"

"무리하지 마. 너 지금 상태 심각해."

남궁혁이 자리에서 일어나려 했지만 모용청연이 그의 어깨를 가볍게 눌렀다.

고작 그 정도에도 남궁혁은 다시 바닥에 털썩 주저앉았다.

죽음 직전에서 기적적으로 생기를 회복했지만, 남궁혁의 목숨을 붙여 놓는 데서 그친 모양이었다.

남궁혁은 숨을 고르고 상황을 살폈다.

백여 명의 백의인들이 마함천을 상대하고 있었다.

팽천룡은 뒤로 물러나 다시 전열을 가다듬고 있었다.

팽천룡의 상태는 썩 좋지 못했다.

머리카락은 온통 흐트러져 있었고 지친 기색이 역력했다.

마함천도 마찬가지였다.

팽천룡이 지극히 전력을 다했는지 그 또한 몇 개의 상처를 입고 피를 흘리고 있었다.

하지만 그가 최후를 맞이하려면 한참 멀어 보였다.

모용청연이 이끌고 온 것으로 보이는 백의인들이 몇 명씩 조를 이루어 합격을 가하고 있었지만, 마함천의 검세 한 번에 나가떨어지기 일쑤였다.

사실상 팽천룡이 힘을 회복하기 위해 시간을 벌어 주고 있는 거나 마찬가지였다.

"정신 차렸으면 나도 이만 저쪽으로 가 볼게. 마교주를 놓쳐선 안 되니까."

모용청연은 마함천에게 시선을 돌리고 말했다.

도착하자마자 고전하고 있는 팽천룡을 도와 마함천에게 일격을 먹인 후, 남궁혁이 쓰러져 있는 걸 발견하고 달려온 그녀였다.

남궁혁이 괜찮다는 걸 알았으니 이제 다시 전장으로 돌아갈 때였다.

그렇게 말하는 모용청연에게서는 전과는 확연이 다른 기세가 느껴졌다.

남궁혁은 소름이 돋았다.

이전 삶의 모용청연은 복수를 다짐한 직후 몇 년 만에 대단한 고수가 되어 중원 무림에 모습을 드러냈다.

그때 그녀의 경지는 화경이었다.

남궁혁이 이번 삶에서 이룬 성취보다 빨랐고 당시에도

후기지수 중 최고였던 팽천룡의 무위에 근접했었다.

그리고 훗날에는 남궁옥과 순서를 다툴 정도로 여고수 중 최강을 자랑했다.

이전 삶에서 그런 무위를 자랑하던 그녀가 돌아온 것이다.

남궁혁이 만들어 주었던 세검이 검갑에서 뽑히는 소리부터가 달랐다.

검을 쥔 순간 그녀의 눈은 복면 너머 그 앳된 얼굴을 감히 상상할 수 없을 정도로 무자비한 야차의 것이 되었다.

복수화, 남궁혁은 속으로 모용청연의 이전 삶에 주어졌던 별호를 되새겼다.

어쩌면 남궁혁이 어린 시절 그녀에게 베풀었던 친절은 친절이 아니었을지도 모른다.

남궁혁 덕분에 언니인 모용청경이 살아남고, 복수에 눈뜨지 않은 채 즐거운 소녀 시절을 보냈지만, 그만큼 그녀의 개화는 늦춰진 것이다.

복수라는 불길을 당겨야만 화려하게 필 수 있는 그녀의 재능이라는 꽃의 개화가!

"잠깐!"

당장 마함천을 향해 몸을 날리려던 모용청연이 자리에 멈춰 섰다.

남궁혁이 그녀의 손목을 붙들고 있었다.

"왜 그래. 어디 안 좋아? 심각해?"

방금 전까지만 해도 수라의 눈을 하고 있었으면서, 남궁혁을 돌아보는 눈은 여전히 천진난만하고 남궁혁을 아끼는 십년지기 친구 모용청연 그대로였다.

그 차이가 너무 극적이어서 남궁혁은 그만 풋 웃을 뻔했다.

지금 상황이 이렇게 심각하지 않다면, 남궁혁의 몸이 좀 괜찮았다면 그랬을지도 모른다.

남궁혁이 내상을 크게 입었다고 말한다면 눈앞의 마함천이고 뭐고 당장 그를 업고 의원을 찾아 달려갈 것 같은 얼굴을 한 그녀를 보며, 남궁혁은 오른손에 힘을 주어 바닥에 꽂힌 천신이검을 뽑아 들었다.

그리고 모용청연에게 그 검을 건넸다.

"빌려 주는 거야. 들고 튀면 안 된다. 내 걸작이거든."

다시 텅 빈 단전의 고통이 밀려와 얼굴을 찌푸리면서도, 남궁혁은 목소리만큼은 밝게 해 유쾌하게 말했다.

모용청연도 마찬가지였다.

더할 나위 없이 진지한 얼굴로, 허나 밝은 목소리로 천신이검을 받아 들었다.

"내가 검 하나 떼어먹을 사람으로 보여?"

남궁혁이 손목을 놓자 모용청연은 곧바로 신형을 날렸다.

　늘 쓰던 세검은 다시 꽂아 넣고, 천신이검을 단단히 쥔 채였다.

　곧이어 남궁혁에게서 전음이 왔다. 천신이검에 대한 대략적인 설명이었다.

　『……그러니까 내공이 다 빨리지 않도록 주의해서 써. 그리고, 믿는다.』

　『되도 않는 유언 같은 전음을 보내고 난리야! 나한테 약속한 검 주기 전까진 넌 못 죽어!』

　모용청연이 투덜거림에 가까운 전음을 보내고 신형을 앞으로 쏘아 내자 남궁혁은 픽 웃으며 자리에 힘없이 털썩 주저앉았다.

　이전에도 주저앉았었지만, 아까와는 달랐다.

　무릎을 꿇는 것과 바닥에 편히 털썩 앉는 것과는 엄청난 차이가 있지 않은가.

　모용청연이 남궁혁을 살피라고 지시한 건지 백의인 두 명이 남궁혁 쪽으로 다가왔다.

　그들 중 한 명이 힘없는 남궁혁을 둘러업고 화산의 본대 방향으로 달리기 시작했다.

　나머지 한 명은 남궁혁을 업은 이를 지키는 형태였다.

이제는 정말 정신을 잃어도 괜찮을 때였다.

남궁혁이 무사히 전장을 벗어난 걸 확인한 모용청연이 본격적으로 싸움에 끼어들었다.

그녀가 마함천의 앞으로 쇄도하자 마함천을 둘러싸고 합격을 펼치고 있던 백의인들이 물러났다.

동시에 전열을 가다듬고 있던 팽천룡도 다시 한 발짝 나섰다.

그는 모용청연의 손에 들린 천신이검을 보고 눈살을 찌푸렸다.

팽천룡은 모용청연의 정체를 알지 못했다.

어릴 때는 왕왕 왕래가 있었지만 팽가와 모용가의 사이가 그리 좋은 편도 아니었고, 더군다나 얼굴의 반을 가려 버린 상태에서 상대를 알아보기란 쉽지 않은 일이었다.

눈빛만으로 알아본다는 건 남궁혁처럼 그녀와 오랜 친구 사이일 때나 가능한 일.

그랬기에 팽천룡은 정체 모를 자의 손에 천신이검이 들렸다는 사실이 불쾌했다.

하지만 그 또한 보았다. 남궁혁이 직접 검을 건네는 것을.

그렇다면 믿을 만한 자라는 뜻이었다.

그 믿음이 인간적인 신뢰를 뜻하든, 그 실력을 뜻하든 간에.

평생 도를 갈고닦은 팽천룡이지만, 그 또한 검을 제법 다룰 수 있다.

아마 눈앞의 저 자그마한 백의인이 누군지는 모르겠지만 기세로 보아 자신을 뛰어넘는 실력자는 아니었다.

그런 이에게 제게도 건네지 않은 천신이검을 건네다니.

대체 누구기에 남궁혁이 팽천룡보다도 신뢰하는 것일까.

그가 믿은 것이 실력일까 아니면 인간적인 친분일까.

어느 쪽이든 팽천룡은 기분이 좋지 않았다.

이런 순간, 남궁혁에게서 신뢰의 대상이 되는 것은 자신일 거라고 생각해 왔으니까.

『집중하세요, 팽 소협.』

가느다란 전음이 들려왔다.

백의인을 향해 보내는 질투의 시선을 들킨 것일까?

팽천룡은 놀란 기색을 감췄다. 모용청연의 전음은 계속 이어졌다.

『당신의 실력이 더 강하니 주도적으로 공격해요. 내가 뒤에서 보조할게요.』

『자신 있습니까?』

팽천룡이 불쾌한 어투로 되물었다.

남궁혁이 존중하는 상대라 함부로 반말을 내뱉지 않았을 뿐, 무례한 언사인 것은 사실이었다.

흰 복면으로 가려진 상대의 정체가 모용청연임을 안다고
해도 그럴 것이다.

모용청연은 별로 신경 쓰지 않았다.

팽천룡의 다소 오만해 보이는 태도는 모용청연도 익히
알던 바였다.

그리고 그를 다루는 방법도 제법 알았다.

누가 뭐래도 모용청연은 남궁혁과 수백 통의 서찰을 주
고받은 십년지기인 것이다.

그 내용 속에는 팽천룡에 대한 얘기도 가득이었다.

『내가 지금 누구의 검을 들고 있다고 생각해요?』

효과 만점. 남궁혁의 신뢰를 상징하는 천신이검을 언급
하자 팽천룡의 불만이 쑥 들어갔다.

『합격을 오래 연습해서 남의 보조를 맞추는 정도는 일도
아니에요. 날 믿고 들어가요.』

모용청연이 자신 있게 말했다.

그녀는 정말 자신이 있었다.

어려서부터 언니인 모용청경과 늘 합격을 연습했고, 어
른들과도 그랬다.

도를 쓰는 사람과의 합격도 처음은 아니었다.

무공에 대한 모용청연의 욕심은 남궁혁이나 팽천룡 못지
않았으니까.

그녀의 작은 몸집과 날렵한 검은 타인의 보조를 맞추기에 더할 나위 없이 좋았다.

늘 쓰던 세검이 아니라 다소 큰 중검을 들었지만, 이 정도도 활용 못할 실력은 아니었다.

사실 남궁혁이 만들어 준 세검은 너무 어릴 적에 받은 검이라 모용청연의 작은 몸집에 비해서도 너무 작았다. 때문에 일반적인 검을 다루는 연습도 따로 해야 했다.

천신이검은 새로이 맛보는 모용청연의 정순한 내공이 마음에 드는지 은은한 공명음을 냈다.

팽천룡의 공격이 시작됐고, 모용청연이 뒤를 이었다.

팽천룡도 지금 이 상황이 남궁혁의 신뢰며 믿음을 재고 따질 상황이 아니라는 것을 납득한 모양이었다.

'팽 소협, 혁이를 은근히 잘 따른다더니 진짜인가 보네.'

그 자존심 강한 팽가의 소가주가 남궁혁을 무척 따른다니.

서신으로 몇 번이고 접한 얘기였지만 눈앞에서 확인하니 또 기분이 달랐다.

세상에 그 누가, 마교 교주를 눈앞에 두고 생사의 싸움을 벌이는 팽천룡에게서 질투를 이끌어 낼 수 있을까.

아마 그건 팽천룡이 운명의 여인이라 여기는 주아흔도 불가능할 것이다.

어쨌든 질시의 시간은 짧았고 팽천룡은 뛰어난 무인이었다.

아까의 투닥거림은 애초에 없었다는 듯이 그는 모용청연의 보조에 맞춰 거세게 마함천을 밀어붙이기 시작했다.

'……놀랍군. 합격에 자신이 있다더니.'

상대에 대해 놀란 것은 모용청연뿐이 아니었다.

보통 무인은 합격에 익숙지 않다.

소림 등의 예외적인 경우가 아니라면 정도 무림에서 합격은 기피 대상이었다.

실력이 오를수록, 일류 문파와 세가일수록 그랬다.

합격으로 또 다른 경지를 볼 수도 있겠지만, 오로지 개인의 실력이야말로 무(武)라는 인식이 정파 무림 전체적으로 팽배했다.

사파나 마교도 크게 다르진 않을 것이다.

그저 그들은 세가 그만큼 줄어들었기에 살아남기 위해서 합격과 단체전을 추구하는 것일 뿐.

그런 분위기 속에서 이만큼 상대와의 합을 고려해 검을 내지르는 이가 나타날 수 있다니.

'대체 누구지? 이만한 실력자를 내가 모를 리가 없는데.'

복면 위로 드러난 절반의 얼굴만 봐도 그리 나이 들지 않았다. 팽천룡과 남궁혁의 또래였다.

거기에 저 몸집. 남자였다면 저 몸집에 저 실력, 유명해
지지 않을 수 없다. 여인치고도 작은 몸집이 화제가 되지
않을 수 없으니까.

반대로 여인이라면, 저만한 실력자를 팽천룡이 몰랐단
말인가?

백의인은 후기지수 여인 중에서 제일 낫다 여겼던 남궁
옥보다 뛰어났다.

남궁옥의 검이 도도하고 또한 군림하는, 남궁세가 특유
의 검이라면 백의인의 검은 전혀 다른 검이었다.

백의인의 검 놀림에는 피 냄새가 묻어 있었다.

한 번 목표물을 정하면 끝까지 쫓아가 피를 튀기며 목숨
을 끊어 놓고야 마는 맹수, 피에 취한 야차, 앞길을 막아서
는 모든 것을 베어 버리는 수라의 냄새가 났다.

사파의 인물인가? 남궁혁은 워낙 예상치 못한 곳으로 발
이 넓으니 심성이 나쁘지 않은 사파 고수와 인연을 맺었다
고 해도 이상하지 않았다.

허나 백의인의 내공은 정순했고 어딘지 익숙한 검법이
보이기도 했다.

쉽게 모용세가를 떠올리지 못한 건 팽천룡의 머릿속에서
이미 그들이 사라져 버린 가문이었기 때문이었다.

서로 이런저런 생각을 하는 동안에도 두 사람은 꾸준하게 마함천을 몰아붙였다.

팽천룡은 거침없이 도를 휘둘렀다. 그가 일으키는 파괴력에 몇 개의 절벽이 또 무너져 나가고 지축이 뒤흔들렸다.

거센 바람은 태풍처럼 주변을 휘몰아쳤고, 바람은 마치 칼날처럼 모든 것을 무너트렸다.

거침없이 달려들면 빈틈이 생기기 마련이지만, 그 빈틈을 모용청연이 채워 주니 망설임이 없었다.

모용청연은 팽천룡의 빈틈을 지켜 주면서 기회가 되면 자신의 검을 내질렀다.

천신이검이 내공을 잡아먹는 속도가 무시무시했지만 그만큼 위력도 대단했다.

팽천룡을 고전케 했던 마함천에게 확실한 일격을 먹일 수 있을 정도로!

푸욱—

마함천의 몸에서 피보라가 튀었다. 한쪽은 어깻죽지, 한쪽은 팔이었다.

모용청연의 천신이검이 마함천의 어깻죽지를 찔렀고, 팽천룡의 도가 마함천이 검을 들고 있는 팔의 팔꿈치 아래를 베어 버렸다.

마함천이 서둘러 뒤로 물러났지만 이미 승패는 갈린 거

나 마찬가지였다.

늘 검을 쓰던 팔이 잘려 나갔다. 그것만으로도 이미 치명적이었다.

거기에 천신이검에 찔린 상처는 지혈도 되지 않았다.

하나 남은 손이 바쁘게 혈을 짚었지만 효과는 없었다.

마함천은 입술을 깨물었다. 얼마나 우둑 깨물었는지 피가 줄줄 새어 나왔다.

혀끝에 쓴맛이 돌자 마함천은 분노했다.

어째서, 어째서인가!

그는 하나 남은 손으로 장력을 내뿜으며 다시 팽천룡에게 돌진했다.

그는 마교의 교주였다.

이 자리에 오르기까지 그에게도 많은 경쟁자가 있었다.

하지만 그들을 전부 제치고 마함천이 교주가 되었다.

그는 날 때부터 특출 났다. 교주의 양자가 되었고 대공자가 되었다.

모두가 그를 따랐다.

모두가 그에게 마교 천하를 열 걸물이라 칭송했다.

노력도 아끼지 않았다.

더욱 많은 마신의 힘을 받기 위해 실력을 쌓았고, 수하들의 신뢰를 받으려 했고, 화염산의 마인들을 위해 자나 깨나 일에 몰두했다.

그런데, 그 결과가 지금 어떠한가!

모용청연의 검이 또다시 마함천의 옆구리를 꿰뚫었고, 팽천룡의 도가 콧잔등을 스쳤다.

조금만 늦었더라면 목이 날아갈 뻔했다.

눈앞의 놈들은 젊디젊었다.

이 정도 실력의 정파 후기지수라면 다들 명문대파, 명문세가의 자식들일 테다.

그딴 놈들이 감히 이 마함천의 의지를 꺾는단 말인가?

말을 알아들을 때부터 가슴속에 새겨 왔던 정파 놈들에 대한 원한을, 그리고 마교 천하에 대한 의지를 짓밟는단 말인가?

진짜는, 이길 수 없다 이건가?

팽천룡의 도가 마함천의 발을 잘랐다.

아무리 내공이 뛰어나도 발을 잘린 이상 움직일 수는 없다. 화려한 신법도 경공술도 무용지물이었다.

마함천은 그 자리에 털썩 주저앉았다. 뒤를 노리고 있던 모용청연의 검이 그의 등에 천신이검을 꽂았다.

아팠다. 마함천은 너무나 아팠다. 마신의 힘을 받아낼 때의 격통이 더욱 극심했지만, 지금 자신의 몸에 느껴지는 통증이 더욱 아픈 것처럼 느껴졌다.

단 한 번도 느껴본 적 없는 뼈저린 패배감이 온 몸의 상처에서 붉게 흘러내리고 있었다.

그는 아직도 가시지 않은 분노를 담아 자신을 내려다보는 팽천룡을 보았다.

팽천룡 또한 지쳐 있었지만 그의 눈은 맑게 빛났다.

그의 눈에서는 의지가 느껴졌다.

어린 시절부터 자신의 의지인지 주변의 의지인지 모를 것을 좇아 마교 천하를 외치던 자신과는 다른, 스스로의 발로 앞으로 나아간 자의 의지였다.

마함천의 눈에 또 다른 자가 보였다. 자신의 등에 검을 꽂은 백의인이었다.

어쩐지 그 눈빛이 익숙하다는 생각이 들었다.

분명 오늘 처음 본 정파 후기지수일 텐데, 어디선가 그 비슷한 눈빛을 봤다는 확신이 들었다.

『모용청경에 대해 아는 것이 있나? 살아 있는지, 살아 있다면 어디 있는지. 시체를 묻었다면 그게 어딘지 말해라.』

차갑고 싸늘한 전음이 들려왔다.

마함천은 피식 웃고야 말았다. 마뇌와 했던 얘기가 떠올라서였다.

과거 정파 무림을 구원했던 네 명의 신성은 세 명의 남성과 한 명의 여인이었다.

마뇌와 나머지 한 명, 그 여인이 대체 정파인 중 누구일까를 놓고 한담을 나눴더랬다.

남궁옥이네, 제갈화영이네 얘기를 나눴지만 그중에 이렇다 할 정답은 없었다.

마함천은 자신을 바라보는 서릿발 같은 눈동자를 보며 생각했다.

자신이 왜 패배했는지, 그 이유를 알 것 같았다.

『그대가 바로 신마신녀의 동생이던가?』

『내 언니를 그런 식으로 부르지 마라!』

모용청연이 분노하며 마함천의 얼굴을 주먹으로 쳤다.

그는 등에 검이 박힌 채 그 자리에 풀썩 쓰러졌다. 그리고 피를 한 사발 토해 냈다.

마함천의 힘에 의해 가루가 된 절벽의 흙더미 사이로 붉은 피가 스며들었다.

『네가 아무리 부정해도 그녀가 마신을 택했다는 것은 불변의 사실. 허나…… 교에 와서 원치 않는 일도 많이 겪었지. 자신이 감당할 거라고 생각지 못했던 부분까지 말이네.』

마함천은 흐릿해지는 시야로 자신을 내려다보는 모용청연을 보았다.

죽을 때가 되어서인가. 모든 것을 포기하고 납득했기 때문일까.

그는 모용청연의 저 불타는 의지가 어디까지 갈지 궁금해졌다.

그래, 정파의 신성들이란 과연 어디까지 할 수 있을지.

그 어떤 인간도 불가능할 일을 해낼 수 있을지 말이다.

『신마신녀는 마신의…….』

모용청연은 마함천의 전음에 집중했다.

한 자라도 놓치지 않고 똑똑히 기억하기 위해서였다.

모용세가가 만들던 제단이 무너진 이후, 모용청연은 흩어진 고수들을 규합하는 동시에 모용청경의 행방을 찾았다.

남궁혁을 상대하던 이들이 말하길, 남궁혁이 모용청경을 제압했으나 나중에 얘기하자며 그녀를 잘 두고 동굴 안으로 들어갔다는 것이다.

그 사이 모용청경은 사라졌다.

당시 제압된 자들 중 한 명이 겨우 정신을 차렸는데, 마교의 인물들이 모용청경을 데려가는 것을 봤다고 증언했다.

사실 모용청연의 신념대로라면 그녀를 구할 필요는 없었다.

모용청경은 모용세가와 마교의 치욕스러운 연합을 상징하는 존재였다.

자신이 선택한 대로 마교에 투신해 일생을 보내든, 아니면 거기서 죽음을 맞이하든, 이미 모용의 이름을 버린 자라고 취급하면 그만이었다.

하지만 그녀는 마교에 투신한 자면서 동시에 모용청연의 언니였다.

모용청연은 그녀가 왜 제 한 몸 바쳐 모용가와 마교의 연결 다리가 되기를 자청했는지 잘 알고 있었다. 이해했다. 그랬기에 더욱 안타까웠다.

게다가 지금 마교에서 그녀가 어떤 취급을 받고 있을 것인가.

성공한 동맹이었다면 그나마 좋은 대우라도 받았겠다만, 모용가와의 일은 처참히 실패했다.

거기에 사실상 납치당하다시피 한 상태로 갔는데 거기서 무슨 대우를 받았겠는가.

왜 그녀를 데리고 갔는지는 알 수 없었지만 별로 좋은 이유는 아닐 게 분명했다.

『……를 잘 찾아보게. 과연 해낼 수 있을지…… 궁금하군…….』

마함천은 모용청경의 상황에 대한 전음을 남긴 채, 고개를 푹 꺾었다.

모용청연은 그를 싸늘한 눈으로 내려다보면서 등 뒤에 꽂힌 천신이검을 뽑았다.

마교의 거인이 맞는 죽음치고는 참으로 초라한 마무리였다.

"잠깐."

팽천룡이 모용청연에게 한 걸음 다가섰다.

모용청연이 마함천과 전음을 나누는 사이 팽천룡은 뒤로 물러나 있었다.

모용청연의 눈빛이 워낙 살벌했으니까.

뭔가 사연이 있는 게 분명했다.

되레 그 눈빛을 보고 나니 남궁혁이 왜 그녀에게 천신이검을 맡겼는지 알 것 같았다.

하지만 저 검을 그냥 내어 줄 수는 없었다.

"당신이 가져갈 검은 아니다."

"그건 나도 알아요."

여인의 목소리. 팽천룡은 더욱 복잡해진 얼굴로 그녀에게 손을 내밀었다.

눈앞의 사람이 누군지 알 것도 같았는데, 도통 생각이 나질 않았다.

자신과도 안면이 있는 상대인 건 확실했으나, 팽천룡이 알던 그때와 확연히 달라진 게 분명했다.

모용청연은 천신이검의 손잡이를 팽천룡에게 내밀었다.

팽천룡이 이를 챙겨 들자 모용청연은 곧바로 돌아섰다.

"어디로 가는 거지?"

"그게 당신한테 중요한가요? 맹에 보고할 말이 필요하신 건가?"

팽천룡이 고개를 저었다.

"혁이가 깨어나면 궁금해 할 것 같아서 말이다."

팽천룡의 말에 모용청연이 피식 웃었다.

"아직 혁이를 잘 모르시네요."

팽천룡이 남궁혁과 제법 깊은 우정을 나눴다지만, 그것이 십 년의 세월에 비할까.

팽천룡의 표정이 미묘하게 일그러졌다. 어쩐지 저 자그마한 백의인에게 계속 지는 기분이 들었다.

"한 마디만 전해 주세요. 십 년 전 그 약속 절대 잊지 말라고 말이에요. 그거면 충분할 거예요."

모용청연은 그렇게 말하고 훌쩍 신형을 날렸다.

십 년 전 그 약속.

모용청연만을 위한 검을 만들어 주겠다는 약속.

그 약속을 지키기 위해선 남궁혁도, 모용청연도 살아 있어야 한다.

이 지긋지긋한 전쟁이 끝날 때까지, 건강하게.

남궁혁이라면 그녀의 이 한 마디에 담긴 의미를 잘 알아들을 것이다.

그러니 그 어느 날이 올 때까지 부디 무사하라는 바람과, 나는 반드시 너를 만나러 갈 거라는 다짐까지도 말이다.

　모용청연과 함께 백여 명의 백의인도 자취를 감췄다.

　절벽이 평지가 된 드넓은 대지 위에는 쓰러진 마함천의 시신과 팽천룡만이 남았다.

第二章

납치

그 직후 상황은 빠르게 정리되었다.

팽천룡은 마함천의 목을 벤 후 이를 들고 설연곡의 일전이 벌어지고 있는 곳으로 향했다.

마인, 그리고 정파인들은 어느 한쪽도 유리하다고 할 수 없을 정도로 치열하게 싸움을 벌이고 있었다.

하지만 마교 교주가 유명을 달리했다, 이 사실은 정세를 단박에 뒤집어 버렸다.

마교주는 마신의 가장 강력한 힘을 받아 낸 자다.

그런 교주의 목이 정파 후기지수의 손에 들려 있다.

마인들은 전의를 상실했다. 무림맹 사람들의 기가 더욱

살아난 것은 말해 봤자 입만 아플 뿐이었다.

그때부터 상황은 파죽지세.

설연곡에 모인 맹의 고수들은 기세를 몰아 마인들을 화산에서 쫓아내기 시작했다.

뒤늦게 상황을 파악한 본대에서도 무인들을 추가로 파견했다.

그날, 무림맹은 마인들을 진령 산맥 이북으로 몰아내는데 성공하고, 화산 일대를 완벽히 점거했다.

마교의 침입이 있은 이후 처음으로 맞는 대승리였다.

맹의 피해가 없진 않았지만 마교주의 목이라는 크나큰 이득과는 비교할 수 없을 정도로 미미한 손해였다.

맹은 기념비적인 첫 승리를 대대적으로 축하했다.

도문인 화산이 제례용으로 바치기 위해서만 만드는 명주의 창고를 열었고, 마을에서 음식을 공수했다.

또 싸움이 벌어질지 모르기에 과하지는 않았다.

하지만 다들 이 기쁜 일을 축제처럼 만끽하고 있는 것은 사실이었다.

이럴 때일수록 긴장을 놓아서는 안 되었지만, 이 문제는 노고수들이 나섬으로써 해결되었다.

정파는 오랫동안 여러 방면에서 마교에게 패배해 왔고 그만큼 지쳐 있었다.

지금쯤 기뻐할 때는 기뻐해 줘야 했다.

때문에 노고수들이 먼저 나서서 경비와 정찰을 맡았다.

젊을 때는 감정이 실력에 영향을 미친다.

하지만 나이를 먹을수록 모든 일에 초연해지면 그런 일도 줄어든다.

젊은 무인들의 사기는 지금 바짝 끌어올려야 했다.

그러니 나이든 자신들이 긴장을 놓지 않고 있겠다는 뜻이었다.

감히 대선배님들을 부려 먹는다는 생각에 불편해하는 이들도 많았지만, 노고수들이 나서 그들이 잘 쉬고 즐거워하는 것이야말로 중요한 임무라 못 박자 납득할 수밖에 없었다.

몇몇 이들은 솔선수범하는 노선배들의 모습에 오히려 승리 이상의 감격을 느끼기도 했다.

기뻐하는 이들은 무림맹 사람들뿐이 아니었다.

이 일대의 사람들은 모두들 화산파, 그리고 정파인들과 깊은 인연을 맺어 왔다.

정파가 큰 승리를 거두고 마교 교주의 목을 베었다는 소식에 다들 기뻐하며 자발적으로 음식과 술을 화산으로 올려 보냈다.

화산의 무인들이 계속 술을 날랐고, 정보원들은 각지의

문파와 무림맹 지부들로 승리의 소식을 알렸다.

아직 마인들이 남아 있고, 마신도 여전히 건재했지만 마함천의 목을 벤 일은 그만큼 상징적이었다.

어둠이 가라앉고 등불이 하나둘 주위를 밝혔지만 흥겨움은 가시질 않았다.

모두가 왁자지껄하게 아까의 전투에 대해 떠들어 댔다.

특히 오늘 가장 많이 입에 오르내린 건 바로 팽천룡과 마함천의 일전이었다.

남궁혁도 함께 있었지만 그는 중간에 정체 모를 이에 의해 실려 왔고, 마무리는 팽천룡이 한 것이다 보니 그에 대해서 떠드는 것은 당연한 일이었다.

"그 일전을 내 두 눈으로 못 보다니! 정말 안타깝기 짝이 없군!"

"내 말이 그 말일세. 나중에 그 장소에 가 보니 절벽은 온통 무너져 흙이 되고 지형이 아예 변해 버렸더군. 그 정도면 정말 엄청난 일전이었을 텐데……."

무인들은 다들 거나하게 취한 채 팽천룡의 무위가 어땠을지를 상상했다.

사실 그 지형이 바뀔 정도의 일전은 남궁혁과 마함천의 대전에서 벌어진 일들이었지만, 그들은 그 사실을 알지 못했으니까.

"그런데 팽 대협께선 대체 어딜 가신거지? 화산에 돌아온 이후 하루 종일 안 보이시는군."

"몸을 회복하고 계신 게 아니겠나. 뭐니 뭐니 해도 마함천과 일전을 벌였는데. 앞으로의 싸움을 위해서는 휴식이 필요하시겠지."

이제는 팽천룡을 대협이라 부르는 이들도 있었다.

자신보다 한참이나 젊은 이십 대의 무인을 말이다.

어떻게 마교 교주를 꺾은 고수를 소협이라 부르겠는가?

사실상 마함천을 꺾은 공이 팽천룡 혼자에게 몰리고 있는 상황이었다.

은태림은 왁자지껄하게 떠들고 있는 그들의 옆을 지나가며 한숨을 푹 내쉬었다.

그들은 단단히 오해하고 있었다.

팽천룡의 무위는 그 정도도 아니었고, 마함천을 꺾은 것이 팽천룡 혼자만의 공도 아닌데 말이다.

하지만 지금 당장 무슨 얘기를 하겠는가.

은태림은 착잡한 얼굴로 축제 분위기인 사람들을 지나쳤다.

그리고 탕약 달이는 연기가 자욱해 눈앞을 가릴 정도인 한 별채 안으로 들어섰다.

수 명의 의원들이 약을 달이거나 바쁘게 움직이고 있었다.

은태림은 방 안으로 들어갔다.

그 안에는 죽은 듯이 누워 있는 남궁혁, 그리고 그 앞에서 걱정스러운 얼굴로 앉아 있는 팽천룡이 있었다.

천신이검은 남궁혁의 옆에 가지런히 놓여 있었다.

"혁이는 좀 어때?"

"아직도 정신이 들지 않았다."

은태림도 팽천룡 옆에 털썩 앉았다.

백의인들에 의해 업혀 온 남궁혁은 무림맹에 도착하자마자 정신을 잃었다.

생기를 다 써 죽을 뻔했다가 겨우 정신을 차렸지만, 마지막 끈을 겨우 잡은 것에 불과한 모양이었다.

의원들은 남궁혁의 체내에 기가 거의 남아 있질 않다며, 숨이 붙어 있다는 사실 자체가 기적적이라고 말했다.

남궁혁이 익힌 내가기공이 자동으로 운기를 하는 덕분에 조금씩 내기가 쌓인 것이 목숨을 잡아 둔 모양이었다.

하지만 그것만으로는 아직 정신을 차리기에 한참이나 부족했다.

"의원들이 급히 기를 보하는 약을 달이고 있다고 했다. 화산에서 영단을 내주신다고 하니 그 효과를 믿어 보는 수밖에."

"그렇구나."

은태림도 걱정스럽게 남궁혁을 바라보았다.

그는 마함천의 죽음까지 어떤 일들이 벌어졌는지 알고 있는 몇 사람 중 하나였다.

도무지 믿기 어려운 일이었지만, 남궁혁이 천신이검이란 신검으로 그런 대단한 일을 해냈다는 것을 믿을 수밖에 없었다.

결과물이 있고, 팽천룡의 증언이 있지 않은가.

"어서 일어났으면 좋겠는데."

은태림은 남궁혁의 창백한 얼굴을 바라보았다.

팽천룡은 은태림을 비롯해 몇 안 되는 수뇌부에게만 진실을 알렸다.

그나마도 천신이검에 대한 부분은 거의 감췄다.

왜냐, 말해 봤자 믿지 않을 게 빤한 것이 첫째고, 둘째는 천신이검의 정체를 숨기는 게 좋겠다는 판단 때문이었다.

후자는 팽천룡 혼자만의 판단이 아니었다.

남궁혁의 판단이기도 했다.

남궁혁은 팽천룡에게 말하기 전까지 천신이검의 정체에 대해서 그 누구에게도 말하지 않았다, 라고 팽천룡은 확신했다.

실제로 은태림도 팽천룡이 말하기 전까진 몰랐다.

남궁혁이 신뢰하는 대상 중 하나인 남궁현암은 남궁혁이

도착했을 때 깊은 상처를 입고 치료 중이라 만나지 않았다.

그러니 자연적으로 남궁혁이 얘기를 할 만한 사람이 거의 없다는 사실이 도출됐다.

왜 그래야만 했는지, 팽천룡은 이해했다.

그는 천신이검의 놀라운 힘을 목격했다.

남궁혁 정도의 실력자가 마함천의 초월적인 힘을 제압한 것이다.

당대 무림에 이 검을 탐내지 않는 자가 있기는 할까?

팽천룡은 그렇게 생각하곤 혼자 피식 웃어 버렸다.

생각해 보니 고작 반나절 전에 그런 자를 하나 만나긴 했다.

그 검을 손에 쥐고, 그 위력을 몸소 체험했음에도 아무런 미련 없이 팽천룡에게 검을 돌려준 몸집이 작은 백의인.

남궁혁은 상대가 그 정도로 대범하다는 사실을 알고 있던 걸까?

그걸 알아본 남궁혁이나, 남궁혁의 믿음대로 행동한 백의인이나 둘 다 대단한 사람들이었다.

"과연 어떤 자인지 궁금하군."

"혁이가 신검을 건넨 사람 말이야?"

"그래. 누구이기에 저만한 검을 탐내지도 않았을까. 신기해."

팽천룡은 서릿발 같던 눈빛을 떠올렸다.

마주하는 것만으로도 가슴이 섬뜩해지던 눈.

결코 적으로 두고 싶지 않는 눈이었다.

상대의 실력이 자신보다 뒤떨어진다고 해도 말이다.

그런 선득함을 간직할 수 있을 정도로 상대는 젊기도 했
다.

나이 든 이의 복수심은 날카로운 얼음조각보다는, 오히
려 어둡고 습한 늪지대의 안개 같으니까 말이다.

또 젊을수록 신검이나 명검 같은 것에 욕심이 많은 법.

팽천룡은 백의인이 어쩜 그렇게까지 욕심이 없을 수 있
었을까 궁금했다.

"흠…… 난 그 사람 정체를 알 거 같던데."

"그래? 누구지?"

팽천룡의 물음에 은태림은 주변을 쓱 돌아보았다.

아무도 그들의 대화를 들을 수 없다는 것을 확인한 후 그
가 작게 입을 열었다.

"모용청연."

"모용청연?"

"너도 알잖아? 모용가의 둘째 딸이야."

"그녀는 나도 안다. 하지만 그 실력이……."

"모용청연이라면 네가 말한 조건을 전부 충족해. 소검화

라 불릴 정도로 몸집이 작고, 그 몸집에도 작게 느껴지는 검을 들고 있었다며. 아이들이 연습할 때나 쓸 거 같은 검."

"그랬다."

"거기에 혁이가 신검을 맡겼댔지? 혁이와 작은 모용 소저는 오래된 친구야. 적어도 십 년은 넘었을 걸? 그녀가 가진 작은 검 말이야, 혁이가 열 살 때 처음으로 만든 검으로 유명한 바로 그 검일 거야."

"그래?"

"그렇다니까. 남궁 소저의 생일 연회 때 나온 얘기야. 모용 소저는 어린 시절에 우연히 혁이를 만나서 그 검을 받았다고 했어. 그러면 굉장히 오래된 인연이지. 혁이가 믿고 신검을 맡길 만해."

은태림은 정보 취합에 특출난 그의 재능을 발휘해 온갖 얘기를 풀어냈다.

팽천룡도 생각해 보니 은태림의 말이 맞는 것 같았다.

백의인은 은태림이 말한 모용청연의 특징들을 다 갖추고 있었다.

"하지만 그 실력이…… 내가 알던 모용청연은 그런 실력자가 아니었다."

"무림사에 흔하게 있는 일이잖아. 복수를 위해서 순식간에 경지를 깬다거나. 그런 종류겠지."

"복수를 다짐하고 있다면 오히려 천신이검을 가져가는 게 맞았을 텐데."

"복수를 하는 것보다 혁이와의 우정이 더 소중했나 보지."

은태림의 말에 팽천룡은 망치로 머리를 얻어맞은 것 같았다.

은태림의 말대로라면 모용청연이 남궁혁에게 다하는 마음은 정말 장난이 아니었다.

팽천룡 자신은 과연 그럴 수 있을까?

가문의 복수도 미뤄 놓고 남궁혁의 믿음을 지킬 수 있을까?

만약 누군가 주아흔을 해한다면, 그래서 힘이 필요한 상황이라면, 그럴 수 있을까?

처해 본 적 없는 상황이었기에 그는 자신이 없었다.

"그 소저에게 왜 그렇게 관심이 많아? 어차피 너를 뛰어넘을 경지도 아니었다며."

"……그냥. 대단하다는 생각이 들어서 말이다."

팽천룡의 말에 은태림이 오히려 눈을 휘둥그레 떴다.

저 팽천룡의 입에서 대단하다는 평이 나왔다고?

심지어 상대가 자신보다 부족한데?

은태림이 알기로 그건 남궁혁을 포함해 두 번 밖에 없었다.

자신보다 한참 어른이고 고수인 분들에게도 팽천룡은 쉽게 대단하다는 말을 쓰지 않았다.

그는 상대를 평가할 때, 팽천룡 자신이 그 나이라 가정하고, 그때의 성취를 기준으로 했다.

오만한 기준이다.

허나 지금 그의 나이가 서른이 되지 않았는데, 벌써 현경의 경지다.

그렇다면 그가 지금 노선배들의 나이가 되었을 때 그의 실력은 대체 어떻겠는가.

그는 감히 오만할 수 있는 존재였다.

그런 팽천룡의 입에서 대단하다는 말이 나온다는 건, 정말 엄청난 일이었다.

"흐음…… 그 소저도 혁이처럼 뭔가 남다른 면이 있나 보네."

"그래."

팽천룡이 고개를 끄덕였다.

남궁혁의 대단한 점을 인정할 때도 한 번은 확인을 거쳤던 팽천룡인데. 은태림이 혀를 내둘렀다.

"과연 남궁혁의 십년지기다 이건가."

두 사람은 대화를 나누다 여전히 정신을 차릴 기미가 없는 남궁혁을 내려다보았다.

"화산에서 어떤 영단을 내려 주려나."

"의원들 말로는 은화단 정도는 필요할 거라고 하더군."

"은화단을?"

"귀한 건가?"

"흠…… 좀 애매해."

은태림이 턱을 매만지며 애매한 표정을 지었다.

"화산이 갖고 있는 은화단의 숫자는 다섯 개. 장래가 기대되는 제자가 큰 내상을 입었다면 장문 회의를 거쳐서 내놓을 수 있는 정도의 영단이야. 우리 매화전장에서 보유하고 있는 그 어떤 영단보다 탁월하지. 그러다 보니 화산의 인물이 아니라면 쉽게 내주지 않아. 지금 상황에서 화산이냐 아니냐가 뭐 그리 중요하겠냐마는."

"혁이는 마교 교주를 제압했다. 혁이가 아니었으면 나는 물론이고 모두가 지금 살아 있지 못했을 거다."

"그걸 장문인께서 믿어 주시느냐가 문제지. 만약 네가 쓰러졌다면 당연히 내주시겠지만…… 아냐, 좋게 생각하자. 지금처럼 고수 한 명이 급한 상태에서 화경의 고수가 생사를 헤매는데. 은화단 정도는 허락해 주실 거야."

"다행이군."

팽천룡이 답지 않게 안도의 한숨을 내쉬었다.

하지만 은태림의 표정은 그리 좋지 않았다.

"다만 내 생각엔, 은화단 갖고 부족할 거 같단 얘기지. 사람이 거의 죽다 살아났잖아. 은화단 정도로는 겨우 기력 회복하는 수준에 그칠 거 같은데. 우린 아직도 수많은 마인들을 눈앞에 두고 있다고. 고수 하나가 얼마나 귀한 시점인데. 무조건 완전히 회복해야 해."

"화산에 그럴 만한 영단이 있나?"

"당연히 있지. 화영수오단. 그거 반 알이면 혁이를 당장 눈 뜨게 할 수 있을 걸? 눈 뜨다 뿐이야. 화경의 내공을 단박에 회복할 수 있을 거야. 다만 문제는…… 그게 화산에 단 한 개 밖에 없는 귀물이라는 점일까."

팽천룡의 입에서 탄식이 흘러나왔다.

은태림은 거의 평생 동안 팽천룡을 알아 왔지만, 그가 이렇게 다양한 표정을, 그것도 누군가를 걱정할 때 드러나는 표정을 지을 수 있다는 사실을 처음 알았다.

그만큼 그에게 남궁혁은 소중한 친우인 것이다.

'망할 녀석. 내가 쓰러져도 저 정도 걱정하려나?'

은태림이 입을 삐죽 내밀고 속으로 투덜거렸다.

평생을 친구로 지내 온 자신이 쓰러진다고 해도 아마 팽천룡은 저 정도로 감정을 드러내지 않을 것이다.

이해는 갔다. 팽천룡이 말한, 남궁혁이 한 일이 전부 빠짐없이 진실이라면, 팽천룡은 남궁혁에게 목숨을 구원받은 것이나 마찬가지였다.

게다가 남궁혁이 보여 줬다는 그 엄청난 무위.

비록 천신이검에게 자신의 생기를 바친 결과물이었지만, 자신도 눈앞에서 그런 위용을 보았다면 감동했을 것이다.

상황을 떠나서 무인으로서 그저 감격했으리라.

그 지고한 경지를 보여 준 사람이 눈앞에 쓰러져 있는데 걱정이 되지 않을 리가.

"에이, 앉아서 걱정만 하느니 갔다 와야겠다."

은태림이 뒷목을 벅벅 긁더니 자리에서 벌떡 일어났다.

"어딜?"

"장문인 집무실. 장문인께서 날 예뻐하시니까 가서 화영수오단을 내달라고 부탁드려 봐야겠어. 잘난 얼굴 뒀다 어디에 쓰나. 장문인께 미인계라도 써 봐야지."

"같이 가지."

팽천룡도 은태림을 따라 일어났다. 그런 것을 은태림이 말렸다.

"됐어. 넌 여기서 혁이나 지켜. 밖에 나가 봤자 그 싸움에 대해 듣고 싶어 하는 사람들한테 둘러싸이기만 한다고."

"나도 부탁드리고 싶다."

"됐다니깐. 화영수오단이야. 화산의 보물이라고. 이건 부외자가 청할 일이 아니야. 그래도 난 속가제자고, 우리 전장과 화산의 친분으로 봐서 부탁드려 볼 만하니깐."

은태림이 그렇게 말하자 팽천룡도 할 말이 없었다.

자신도 아버지께 팽가의 귀물을 청하러 간다면 당연히 혼자 갔을 테니까.

팽천룡이 자리에 앉자 은태림이 방문을 나섰다.

약 냄새가 펄펄 나는 별채를 벗어나자 다시 시끌벅적해지기 시작했다.

밤이 깊었으니 슬슬 자리를 파할 줄 알았는데, 어쩐지 못 보던 얼굴들이 자리를 깔고 술을 퍼마시고 있었다.

어디서 몇 달 안 씻은 것 같은 퀴퀴한 냄새도 났다.

'거지들?'

허리춤의 매듭으로 보아 개방의 거지들이었다.

은태림과 안면이 있는 이들도 여럿 보였다.

개방은 동쪽의 흑마적들을 상대하고 있다고 들었는데?

마교의 본대도 상대해야 하지만 흑마적들 또한 무시할 수 없는 존재였기에, 방도 수가 가장 많으면서 동시에 절정급의 무인도 많은 개방이 이들을 전면으로 상대하기로 했었다.

설마 그 많던 흑마적을 벌써 다 잡은 건 아닐 테고.

"안녕하세요, 구 장로님."

거지들 중 안면이 있는 자를 발견한 은태림이 그에게 다가갔다.

자신이 항주 거지임을 자랑스럽게 여기는 개방의 장로,
구걸이었다.

그는 원래도 은태림과 안면이 있었지만, 은태림이 남궁
혁과 친구가 된 이후로는 아예 남궁혁을 대하듯 은태림도
친근하게 대하곤 했다.

"오랜만이구나, 뺀질아."

"여긴 어쩐 일이세요? 흑마적들은 어쩌시구요?"

"내가 무슨 못 올 데라도 온 것처럼. 흑마적 놈들은 금위
군에게 맡겼다. 고 놈들 아주 싸가지가 밥 말아 먹었더만."

"아⋯⋯!"

은태림의 머릿속에서 조각이 맞춰졌다.

나태영이 황제에게 부탁한 금위군이 도착한 것이다.

그들이 흑마적들을 상대하게 되어 개방이 이쪽 본대로
온 모양이었다.

"혁이는 여전하냐? 아까 저녁나절에 소식을 들었는데.
내기는 물론이요, 생기까지 다 털렸다며?"

은태림은 혀를 내둘렀다.

이 전시에도 개방의 정보력은 대단했다.

저녁나절이면 맹과 마교의 싸움이 겨우 마무리되었을
때.

아직 본대에 도착하지도 않았는데 남궁혁이 쓰러져 있다는 소식을 접했다니.

"네. 그래서 장문인께 가던 참이었습니다."

"나도 장문인한테 가는 길이다. 중요한 볼일이 있거든. 같이 가자꾸나."

"중요한 볼일이요?"

"일생일대의 구걸을 해야 해서 말이다."

은태림의 물음에 구걸이 아주 진중한 목소리로 답했다.

그의 표정 또한 사뭇 진지하기 그지없었다.

장문인 집무실에 도착한 구걸은 거침없이 문을 열고 안으로 들어갔다.

어찌 보면 무례한 행동이기도 했지만, 구걸과 화산의 장문인은 오랜 친구 사이라 그런 허물없음도 무례하기보다는 친분이라 볼 수 있었다.

"여, 선우 있나?"

구걸이 집무실 맨 안쪽 문을 열고 고개를 빼꼼 넣었다. 그 안에는 반백의 무인이 수많은 서류 사이에 앉아 있었다.

"구 장로께서 오셨군. 태림이 너도 왔느냐."

"예, 장문인."

은태림은 정중하게 인사를 올렸다.

아무리 장문인이 그를 예뻐한다고 해도 구걸만큼 친근하

게 대할 수는 없는 노릇이었다.

장문인이 그들에게 자리를 권했다. 구걸은 장문인의 앞에 털썩 앉았고, 은태림은 옆쪽의 하석에 앉았다.

"개방도들이 잘 도착했다는 소식은 들었네만. 먼 길 왔으니 피곤할 법도 한데 들어가 쉬지 않고. 내게 따로 전할 말이라도 있는가?"

"나보단 이 어린 도우의 말을 먼저 들어 보시게. 흥미로운 얘기를 하러 왔더군."

"태림이가?"

두 사람의 시선이 하석에 앉은 은태림에게 향했다.

갑작스러운 시선 주목에도 은태림은 당황하지 않았다.

타고난 얼굴 덕분에 늘 주목의 대상이 되는 그가 아닌가.

하지만 그의 얼굴에는 긴장이 서려 있었다.

화영수오단이다.

화산에도 딱 하나 존재하는 이 귀한 영단은, 화산의 매랑곡 골짜기에 있는 천 년 묵은 매화나무가 주 재료다.

화영수오단에 들어가는 재료는 천년목에서 나는 모든 산물.

이파리는 파릇파릇한 새순에서부터 한창때의 건강한 잎, 가을을 맞아 누렇게 진 단풍, 한겨울의 찬바람 속에서도 떨어지지 않은 바삭한 잎까지 모두 모으고, 화사한 매화부터 가을의 결실까지 전부 모은다.

거기에 백 년간 성인 남성의 허벅지만큼 두텁게 자란 가지를 불태워 그 재까지 집어넣어야 한다.

재를 만드는 불 조절 또한 중요한 요소여서, 화산에는 이 화영수오단을 만드는 문도가 따로 있을 정도였다.

이들은 스승에서 제자로 대대로 비법을 전수받으며 외부인은 물론 화산의 문도, 거기에 장문인 등 화산의 고위직에게도 절대 화영수오단의 비법을 발설하지 않는 엄격한 규칙까지 지켜야 했다.

환영수오단을 만드는 장인은 화산의 기본 무공 수련을 마친 이들을 대상으로 직접 제자를 선별하는데, 이 때 그의 선택권은 그 어떤 이보다 우선시됐다.

설령 화산의 최고 고수가 탐내는 아이를 제자로 받고자한다고 해도, 그가 화영수오단을 만드는 장인으로 선발된다면 이를 단념해야만 했다.

화산에서 화영수오단의 위상은 그만큼 대단했다.

화산을 대표하는 영단, 하지만 대부분의 외인은 이름조차 들어 보기 힘든 영단.

구걸이야 장문인의 오랜 친구고, 개방이 모르는 것은 없다고 해도 될 정도니까 알고 있는 것이리라.

은태림은 자신에게 향하는 장문인의 표정을 살피며 바짝

마른 입을 열었다.

"혁이에게 화영수오단을 내주셨으면 합니다."

"……태림아. 지금 네가 무슨 소리를 하는지 알고 있느냐?"

장문인의 눈썹이 미묘하게 꺾였다. 목소리에는 노기가 섞였다.

외인에게 화영수오단을 내달라니. 은태림이 생각해도 지나친 부탁이었다.

아무리 그가 장문인과 여러 노선배들의 예쁨을 받고 있다고 해도 될 일이 있고 안 될 일이 있었다.

장문인의 심기를 거슬렀다는 것을 깨달은 은태림이 곧바로 자리에 머리를 박았다.

"저도 압니다. 본문의 기대주인 예천 사형도 화영수오단을 받지 못했다는 것도 압니다. 하지만, 장문인께서도 천룡이의 말을 들으셨잖습니까."

"남궁 소협이 마교 교주를 꺾는 데 일조했다는 말 말이더냐."

"예. 그렇습니다. 그런 고수가 저렇게 쓰러져 있는 것은 큰 손해입니다. 어서 일어나 앞으로의 일전에 대비하게 해야 합니다."

은태림이 빠르게 자신의 주장을 펼쳤다.

하지만 이것만으로는 논리가 턱없이 부족하다는 사실은 은태림도 알고 있었다.

"이미 그에게 은화단을 제공하기로 결정을 내렸다. 그것이면 충분할 거다."

"하지만……!"

은태림이 생각하기에 은화단은 턱없이 모자랐다.

고비를 넘기고도 남궁혁은 삼 년은 요양하며 다시 내공을 갈무리해야 할 것이다.

"그만 나가 보거라."

장문인이 불쾌한 목소리로 은태림에게 축객령을 내렸다.

평소 은태림을 아들처럼 여기던 그에게서는 보기 힘든 단호한 모습이었다.

오히려 그만큼 아꼈기에 장문인이 불쾌함을 느낀 걸지도 모른다.

은태림은 외인도 아니고, 속가제자인 동시에 화산과 오랜 인연을 맺어 온 매화전장의 후계자였다.

그 누구보다 화산과 가까운 인물인 것이다.

화영수오단의 위상을 알고 있는 그가, 한낱 외인을 위해서 그걸 달라고 부탁하다니.

당혹스러움이 지나쳐 불쾌함이 느껴졌다.

은태림이 죄스러운 얼굴로 물러나고 문이 닫혔다.

장문인이 푹 한숨을 내쉬었다.

"휴…… 태림 저 아이가 화영수오단을 달라고 나올 줄은 몰랐네."

"친우를 위해서라면 저 정도 부탁은 할 줄 알아야지. 그것이 바로 진정한 우정 아니겠는감? 패기 있어 보여서 보기 좋구만."

"그것도 어느 정도여야지. 정도가 지나쳤네."

화영수오단이 아니라 그 아래 급 영단 정도만 됐어도 장문인이 고민하는 시늉이라도 했을 것이다.

지금 남궁혁에게 내리기로 한 은화단도 충분히 귀한 영단이었다.

외인에게는 내준 역사가 없는 영단인 것을, 팽천룡의 말을 참작해 내주는 것이다.

그런데 화산 최고의 귀물인 영단을 달라고 하다니.

고민할 여지도 없었다.

장문인은 은태림의 요구 때문에 머리가 아픈 듯 관자놀이를 지끈지끈 눌렀다.

"자네는 무슨 일로 온 건가?"

"내가 친구 보러 오면 안 되는 이유라도 있는감?"

구걸의 말에 장문인이 피식 웃었다.

오늘의 구걸은 장문인이 평소 알던 그와 조금 달랐다.

흑마적과의 지난한 전투를 치르고 숨 돌릴 틈도 없이 달려와서일까.

그에게는 아직도 전장의 긴장과 날선 느낌이 남아 있었다.

"자네가 그런 허튼 일로 내게 들를 사람이 아니라는 거잘 아네. 오늘 좋은 소식이 있어 화산의 주고를 열었으니, 그걸 비우는 일이 무엇보다 시급하다며 창고 안으로 들어갈 자네가 아닌가."

"화산의 명주, 고걸 맛보는 날을 무척이나 기대했는데 말이지. 헌데 더 급한 일이 있어서 말이야."

장문인과 구걸은 껄껄대며 웃었다.

공짜 술과 밥이라면 눈앞의 미인도 마다할 항주 거지 구걸이다.

그런 그가 화산의 명주를 뒤로 미루고 자신을 찾아왔다면 정말 중요한 용건인 게 틀림없었다.

"뭔지 말이나 해 보시게."

"들어줄 텐가?"

"어떤 부탁인지 말도 안 해 놓고서 다짜고짜 들어줄 거냐고 묻는 건가?"

그때까지만 해도 장문인은 별 생각이 없었다.

구걸이 급한 일이라고 해서 왔으니 중차대한 문제긴 하

겠지만, 정말 시급을 다투는 일이라면 은태림이 먼저 용건을 말하게 하진 않았으리라.

아니, 애초에 은태림을 데리고 들어오지도 않았을 터.

허나 그것이 구걸의 용의주도한 계략임을 장문인은 미처 몰랐다.

"내 자네에게 구걸을 하러 왔지."

"내게 구걸을?"

장문인이 의아한 표정을 지었다.

구걸이 구걸하러 다니는 거야 이상한 일도 아니긴 하지만, 친우인 자신에게 구걸을 하다니?

"화영수오단이 필요해."

구걸의 표정이 진지해졌다.

장문인의 얼굴은 당황으로 물들었다.

은태림에 이어서 구걸까지 화영수오단을 요청하고 나선 것이다.

"……화영수오단이 여염집 쉰 밥 이름이던가? 무슨 되도 않는 농을 하고 그러나."

"농이 아닐세. 그게 꼭 필요허이."

"자네도 남궁혁 그치 때문에 그러는 게지?"

"그런 셈이지."

"하늘을 지붕 삼아 어디든 집이어라, 매인 것이 없어 자유롭다던 자네는 어딜 가고. 인정에 얽매이는 모습이 영 자네답지가 않음일세. 자네가 남궁 소협을 많이 아끼는 것은 익히 들어 알고 있으나, 그렇게까지 해야 할 정도인가?"

장문인이 어처구니가 없다는 말투로 물었다.

그가 아는 구걸은 이런 사내가 아니었다.

자파의 제자가 남궁혁처럼 쓰러져 있다고 해도 이러지 않았을 것이다.

그는 이 세상에 자신을 얽매는 것이 없다는 사실을 사랑하던 자유로운 거지니까.

감미로운 명주도 빼어난 미인도 그를 완전히 붙들어 매지는 못했다.

친구들과 깊은 우정을 나눴지만 그 우정도 그를 잡지는 못했다.

구걸의 그런 바람 같은 성정을 이해하는 이만이 그의 오랜 친구로 남았다.

그저 오늘 배를 채울 끼니와 알딸딸하게 취할 수 있는 한 잔 술이면 더 욕심내는 것이 없는 그가, 남궁혁을 위해 화영수오단을 구걸하고 나선 것이다.

"자네, 섬서 북쪽 땅에 가 본 일이 있남?"

구걸이 분위기를 전환하려는 듯 가볍게 말을 던졌다. 장문인도 한숨을 쉬면서 받아 주었다.

"내가 거기 갈 시간이 어디 있나. 남궁장인가를 말하는 거라면 여기서 가깝기는 하다만, 장문인 직을 맡은 이후로 화산을 떠난 일이 손에 꼽는다네."

마침 잘 되었다는 듯, 구걸이 빙긋 미소를 지었다. 그리고 말을 이었다.

"나는 그 동네를 참 좋아허이. 구걸할 바가지 하나만 있으면 그날 배곯을 걱정은 안 해도 되지. 다들 거지 첨 뵈는지 신기하단 얼굴로 갓 지은 밥을 수북이 쌓아 준단 말이지? 선우 자네, 거지 없는 동네 본 적 있남? 난 본 적이 있어. 남궁장인가가 있는 그 동네는 근처에 돌아다니는 거지가 나뿐이야. 어슬렁어슬렁 밭두렁을 지나다 보면 농군들이 술이나 한 잔 하라고 불러선 찬을 먹으라고 젓가락을 쥐여 준다네. 냄새 꼬질꼬질한 거지 놈한테 말이야. 나뿐이 아니야. 지나가던 아해도, 남궁장인가의 무사도 불러서 모두 다 같이 먹는 게야. 뭐 그딴 동네가 있는지."

"……정이 넘치는 마을이군."

"정이 아니야. 의와 협인거여."

남궁장인가를 떠올리는 구걸의 얼굴에는 어느새 행복이 가득했다.

그는 평생을 항주 거지로 살았다.

하지만 항주도 제집 같아서 편안한 것일 뿐, 남궁장인가

일대를 쏘다닐 때의 안온함을 느끼기는 힘들었다.

거지로 살아도 마음이 푸근한 마을이 존재한다니.

개방도들한테 말했으면 장로 거지가 구라를 친다고 뒷담이 돌았을 것이다.

"그 동네엔 강자도 약자도 없어. 무림인과 일반인의 구분도 그닥 없지. 남궁장인가가 힘을 쥐고 있지만 멋대로 휘두르지도 않어. 우리 개방도 그 정도로 어깨에 힘을 빼고 살지는 않는데, 그 동네는 그게 되더라니깐. 누구 하나 얼굴에 근심 있는 자가 없지. 그거 아는가? 난 게서 화경의 벽을 깼다네. 아무에게도 말 안 했지만 말이지."

구걸이 빙긋 웃었다. 친우가 벽을 깼다는 소식에 장문인도 놀라움과 기쁨 가득한 탄식을 내뱉었다.

"세상에. 정말인가? 늘 화경이 되면 귀찮은 일이 많다고, 할 수 있지만 안 하는 거라고 거짓부렁을 치고 다니더니."

"누가 화경의 경지를 할 수 있는데 안하고 싶어서 안 하겠는가. 그저 내 실력이 모자란 거니 하고 있었을 뿐이지. 헌데 거참 신기했지. 그 마을에 있으면, 마치 처음 무공을 배우던 젊은 시절로 돌아간 기분이었어. 무에 대한 순수한 마음만 남아 있을 때 말일세. 가진 것 하나 없는 자유로운 거지 놈이라 자부했건만, 내 안에도 힘을 가진 자로서의 권력, 무공을 익히지 않은 자들을 낮춰 보는 시선 따위가 있

었던 게야. 하지만 그 마을에서 그런 것 따위는 상관 않고
어울리며 있다 보니 그런 못된 마음도 다 사라지더군. 순수
하게 무에 대한 욕심만 남은 덕분에, 한 단계를 올라섰네."

구걸은 흐뭇한 표정을 지어 보였다.

그 웃음에 장문인의 마음도 흔들렸다.

구걸의 미소는 그 어느 때보다도 편안해 보였다.

"그런 동네가 많아졌음 좋겠어. 그럴라믄 남궁혁 그놈이
살아야 해. 그놈은 우리가 젊은 시절 꿈꿨던, 의와 협이 넘
쳐서 더 이상 무림인이 없어도 괜찮은 세상을 만들 수 있을
게야."

장문인의 얼굴에 시름이 깊어졌다.

은태림의 요청은 일언지하에 거절할 수 있었지만 구걸의
요청은 아니었다.

매화전장의 후계자이긴 하지만 한낱 화산의 속가제자인
은태림과 개방의 장로인 구걸의 신분 차이 때문은 아니었
다.

구걸과 장문인의 친분이 더 오래되었고 깊어서도 아니었
다.

은태림이 지극히 사적인 이유로 화영수오단을 달라고 애
걸했다면, 구걸은 전혀 다른 이유로 이를 부탁하고 있었다.

물론 은태림도 남궁혁이라는 사람의 가치를 알고 있고

그 때문에 화영수오단을 청한 것이기는 했지만 구걸처럼 큰 시야로 보고 이를 청한 것이 아니었다.

턱없이 이상적인 구걸의 말은 장문인의 마음속을 후벼 팠다.

자파의 이익을 추구하는 마음과 오랜 세월 인생을 겪으며 마음속에 쌓였던 세상에 대한 환멸을 헤집어 그 안에 남아 있는 옅은 희망을 끄집어 냈다.

장문인은 저도 모르게 피식 웃었다. 보다 나은 세상, 보다 나은 사람들에 대한 기대는 젊은 시절의 풍파에 닳고 꺾였다고 생각했는데, 아직도 그 뿌리가 자신의 마음속에 남아 있을 줄이야.

장문인은 또한 생각했다.

지난날 자신에게는 없던 힘을.

개인과 문파의 이기심, 그리고 불의와 부당함 앞에 섰을 때 자신에게 힘이 없음을 한탄하던 젊은 날의 자신을.

그러다 이제는 세월이 흘러 한 문파의 운명을 좌지우지할 수 있는 결정권을 가졌으나 그때의 정열은 다 사라진 현재 자신의 모습을.

"선우, 내가 이렇게 부탁하겠네."

구걸이 자세를 바꿨다. 그는 무릎을 꿇고, 어깨와 이마를 바닥에 쿵 소리가 날 정도로 갖다 댔다.

"구걸 이 사람아, 이러지 마시게."

"내 이리 간절함을 부디 알아줌세."

같은 연배에, 무림에서도 존경을 받는 고수가 자신에게 오체투지까지 하며 남궁혁의 구원을 빌자 장문인은 한숨을 내쉬었다.

"화영수오단이 없다고 해서 남궁 소협이 당장 죽는 것도 아니지 않은가. 그저 회복이 느릴 뿐이야."

구걸이 고개를 들었다. 그의 눈빛은 결연했다.

"그렇겠지. 허나 맹은 하나의 등불을 잃어버리는 걸세. 혁이 고놈이 화산에 도착했을 때의 일을 들었어. 팽천룡과 남궁혁, 그 어린 것들의 기개에 닳고 닳은 무인들이 넋을 뺐다지? 팽천룡 하나로 그게 가능할 것 같나?"

"허나……."

장문인은 말을 흐렸다. 그 또한 기억했다. 어찌 잊겠는가. 그때 두 청년의 눈에서는 사람을 홀리는 총기가 돌았다. 마치 깜깜한 어둠 속에서 겨우 발견한 길잡이별처럼. 장문인도 동의했다. 팽천룡 하나로는 그만한 힘을 발휘할 수 없다. 그들은 둘이 함께 있을 때 끝없이 부딪치고 때론 의기투합하여 더욱 빛날 존재들이었다.

"화영수오단을 새로 만들 시기가 머지않았지. 지금 하나를 써도 곧 하나가 생기는 거 아닌가."

"자넨 정말 모르는 게 없군."

"생각해 보게. 자네의 결단이 정파 무림의 별을 밝히는 걸세. 정파 전체의 빛이 되겠지."

별.

정파의 빛.

장문인의 마음속에서 잠들어 있다가 오랜만에 기지개를 편 그의 젊은 나날이 속삭였다.

바로 지금이라고.

"……원로회를 소집하겠네."

그 말에 구걸이 머리를 벌떡 들었다.

그의 눈은 뚱그렇게 부릅떠 있었다.

가진 것 하나 없고 매인 곳 하나 없어 자유롭기 그지없는, 따라서 어느 누구에게도 굽힐 일 없는 그의 자존심까지 내던진 일생일대의 구걸이 성공한 것이다.

"고맙네, 정말 고마워."

"당장 내주겠다는 것이 아니야. 원로 분들께서 반대한다면 나도 어쩔 수 없네."

장문인이 짐짓 무거운 표정을 지어 보였지만, 구걸은 싱긋 웃어 보였다.

"거 원로회의 허락은 형식에 가깝다는 거 내 다 아네. 화영수오단은 장문인에게 권한이 있지 않나."

"하여간 자네는 아는 것도 많아."

"개방의 장로가 이 정돈 돼야지."

구걸이 지저분한 코를 쓱 닦으며 웃었다.

장문인은 사람을 불러 원로들을 소집하도록 했고, 구걸은 자리에서 일어났다.

"그럼 난 화산의 명주를 마시러 가 볼까?"

"화영수오단을 뜯어내곤 술까지 동 내려는 건가?"

장문인이 농을 던지며 웃었다. 그의 표정도 구걸만큼 한결 편안해져 있었다.

"걱정은 붙들어 매. 그만한 영단을 받는데 어찌 화산에 득이 없겠나. 내 앞으로 힘써 보겠네."

"화산으로서도 그리 손해 보는 일은 아니길 바라네. 하긴 남궁 소협에게 빚을 지워 두면 장기적으로 득이 되겠지. 남궁장인가와 가장 가까운 대문파가 우리니까. 물론……."

"이 전쟁이 무사히 끝났을 때 얘기긴 하겠지?"

구걸이 눈을 찡긋하곤 장문인 실을 나섰다.

화산의 장문인이 단순히 잊고 있던 의협심을 발휘해 화영수오단을 내주진 않았을 것이다.

남궁장인가와의 친분을 예로 들긴 했지만, 남궁장인가는 현재 마교에 포위되어 있다.

언제 마교에 넘어가 구성원들이 몰살당할지 누구도 알

수 없는 상황.

하지만 남궁혁은 여기, 화산에 있다.

그리고 그는 당대 최고의 대장장이. 만약 남궁장인가가 지도에서 지워진다고 해도 화산은 당대 최고의 명인을 확보하게 되는 것이다.

남궁세가가 있긴 하지만 화영수오단 정도의 빚이라면 그를 묶어 두기에 충분하니까.

반대로 남궁장인가가 운 좋게 살아남는다면, 그 또한 화산에게 이득이었다.

이번 위기를 잘 넘긴다면 남궁장인가의 성장을 방해할 수 있는 것은 아무것도 없다.

남궁장인가도 마교를 상대한 만큼 전력에 손실이 있겠지만, 그들은 원래 장인의 집단이 아니던가.

되레 무인들을 잃은 문파에 비해 회복이 빠를 가능성이 높았다.

화산은 그런 남궁장인가와 거래를 할 때 유리한 지점에 설 수 있는 것이다.

남궁혁이 은혜를 잊지 않는 사람이라는 것도 중요한 요소였다.

그의 성품으로 보아, 화영수오단을 내리면 훗날 그보다 더 큰 보답을 받을 가능성이 컸다.

화영수오단의 가치가 대단한 건 사실이지만 그가 만드는 검의 가치 또한 어마어마했으니.

여기에 장문인의 의협심은 그저 양념에 가까웠다.

하지만 그것이 찰랑찰랑한 잔에 물을 흘러내리게 하는 한 방울이 되었다는 것도 무시할 수 없는 사실이었다.

구걸이 밖으로 나오자 은태림이 기다리고 있었다. 그의 손에는 화산의 명주가 들려 있었다.

"구 장로님."

"오냐, 잘 됐다."

"역시 장로님이십니다."

은태림이 구걸을 추켜세우며 명주를 병째 구걸에게 건넸다.

그도 어느 정도 구걸의 계략을 눈치채고 있었다.

은태림을 보자마자 화영수오단에 대해, 그리고 남궁혁의 상태에 대해 묻지 않았던가.

상황을 보아하니 구걸이 부탁하는 것이 자신이 부탁하는 것보다 유리할 것이 눈에 보였다.

때문에 구걸의 계략대로 움직여 준 것이다.

그리고 결과는 대성공이었다.

"이제 혁이 그 녀석이 영단을 먹고 툭툭 털고 일어나길 기다려야지."

"그 녀석이라면 잘 할 겁니다."

은태림이 확신 어린 목소리로 말했다.

영단을 먹는다고 반드시 낫는 것은 아니다.

그 영단이 지닌 막대한 기운을 다스리고 몸에 갈무리할 수 있어야 했다.

하지만 은태림은 별로 걱정하지 않았다.

초절정의 실력에서 단숨에 화경으로 발돋움할 수 있을 정도의 기도 다스린 남궁혁이 아닌가.

비록 정신을 차리지 못하는 상황이지만, 은태림은 남궁혁이 그 정도는 할 수 있을 거라고 믿었다.

*　　　*　　　*

남궁장인가.

그 일대는 구걸이 그리워하던 안온한 분위기와는 달리 긴장감이 감돌고 있었다.

마인들이 그 주변을 포위한 지도 벌써 한 달이 넘었다.

그동안 크고 작은 부딪침이 있었지만 어느 쪽도 이렇다 할 우세를 잡지 못한 채, 대치 상태가 계속 이어지고 있었다.

고래들 싸움에 새우는 등이 터져 아프듯, 무인들의 싸움에 민간인들은 불안해하는 것이 당연한 일이었다.

피해를 입으면 즉각 보상을 해 주고 싸움이 일어나면 민간인들을 우선적으로 대피시키는 등 최대한 조치를 취하고 있지만 평온하던 일상이 계속해서 혼란해지면 다들 불안하고 짜증이 나기 마련이다.

그나마 그간 남궁장인가가 사람들과 쌓아 온 정이 있어 묵묵히 이 상황을 받아들이는 것일 뿐이었다.

이런 상황에서도 꾸준히 이어지고 있는 일상이 있었으니, 바로 남궁장인가의 대장간에 뿌연 연기가 올라오는 일이었다.

남궁혁의 아버지를 비롯한 남궁장인가의 장인부 사람들은 이런 상황 속에서도 최고 품질의 무기들을 생산해 냈다.

무공을 쓸 수 있는 사람도 있고, 내공은 한 톨도 없는 사람도 있었지만 그들은 지금이 전시인지 아닌지 개의치 않고 자신들의 일을 해 나갔다.

정말 철의 의지나 다름없었다. 늘 질 좋은 무기가 공급된다는 점은 남궁장인가가 마인들을 상대로 밀리지 않는 중요한 요인이기도 했으니까.

그중에서도 가장 열심인건 남궁혁의 제자인 진우였다.

진우는 오늘도 새벽 일찍 일어나 가장 먼저 대장간의 화로에 불을 지폈다.

원래대로라면 남궁장인가에 대장장이 일을 배우러 들어온 새끼 장인들이 할 일이었지만, 진우가 직접 불을 지피는 데는 이유가 있었다.

그가 불을 지핀 대장간은 바로 남궁혁이 자리를 비운 그의 개인 대장간이기 때문이었다.

이곳은 오로지 남궁혁만을 위한 공간.

이 안에 들어올 수 있는 건 남궁혁 외에 장인부의 수장이자 남궁혁의 아버지인 가주 남궁규원, 장인부 제 이 부의 수장인 곽노, 총관인 민도영과 군사 제갈화영, 그리고 남궁혁의 제자인 진우와 진하뿐이었다.

그러니 이 대장간의 불은 진우와 진하가 붙일 수밖에.

남궁혁이 무림맹으로 향하면서 진우에게 대장간을 쓰라고 허락했기에 그는 여기에서 계속 개인 작업을 해 나가고 있었다.

남궁혁이 진우의 실력 향상을 위해 특혜를 베풀었다는 것을 알고 있었기에 한 치의 게으름도 있을 수 없었다.

세가 밖에서 매일같이 큰 소요가 일어난다고 해도 말이다.

어차피 진우의 무공 실력은 밖에서 무사들과 어깨를 나란히 하고 싸울 정도는 아니었다.

제 한 몸 지키기에는 부족함이 없지만, 마인들을 상대로 싸우다가 남궁혁의 장인 기술을 물려받은 그가 손을 다치기라도 하면 남궁장인가로서는 큰 손해였다.

때문에 민도영도, 제갈화영도, 그에게는 계속 작업을 부탁할 뿐 싸움을 부탁하지는 않았다.

대신 그가 만드는 무기들은 곧바로 일선에 투입되었다.

그리고 혁혁한 전공을 세우는 데 큰 도움이 되었다.

화로의 온도를 조절한 진우는 망치를 잡고 새로이 검을 수선할 준비를 했다.

매일 같이 전투가 벌어지다 보니 수리할 무기가 쏟아져 나왔다.

그중에는 남궁혁이 직접 만든 기린대의 무기도 있어, 수리하면서 공부가 되기도 했다.

쾅, 쾅, 검을 달구고 두드리고 매끈하게 날을 다시 가다듬는 사이 손님이 찾아왔다.

주름 한 점 없는 화선지의 미백색을 떠올리게 하는 미인, 남궁장인가의 총관 민도영이었다.

"내가 방해가 되었니?"

"아닙니다, 총관님. 어서 오세요."

진우는 곧바로 구석에 있던 의자를 꺼내와 민도영의 앞에 놓았다.

그에게 있어 민도영은 어린 시절부터 그를 돌봐 주었던

어른이자, 총관으로서 존경스러운 분이었다.

동시에 훗날 남궁혁의 처가 되어 자신의 사모가 될 분이기도 했다.

민도영과 남궁혁이 서로에게 보내는 연정에 대해서는 비밀에 붙여져 있었지만, 남궁혁의 어머니가 강력하게 밀어붙이니 대체로들 두 사람이 혼인하지 않을까 생각하는 분위기였다.

또 마교로 인해 남궁장인가가 외부와 단절된 이후, 제갈화영에게 남궁혁에 대한 그리움을 털어놓는 민도영의 모습이 가까운 이들에게 종종 목격되기도 했다.

평소였으면 그런 실수를 안 했겠지만, 대치가 길어지고 총관으로서는 할 수 있는 일이 적다 보니 그녀 또한 지친 것이다.

물론 모두들 민도영의 그런 심란함을 이해해 크게 티를 내지는 않았다.

"여기까진 무슨 일이세요?"

진우가 먼저 물었다.

민도영이 진우에게 뭔가 부탁할 만한 것이 있는 걸까?

딱히 떠오르는 게 없었다. 진우의 일은 장인부에서 담당했으니까.

"그냥…… 소가주님이 생각나서."

매사 사무적인 그녀였지만 어린 시절부터 보아 온 가족 같은 진우 앞에서는 말투 또한 부드러워졌다.

역시나 진우의 생각대로, 뭔가 부탁할 게 있어서는 아닌 모양이었다.

그는 민도영의 말에서 짙은 그리움을 느꼈다.

"어디 계신지, 무사하신지 궁금하구나."

"잘 계실 거예요. 사부님이잖아요."

무영이 마교의 포위를 뚫고 남궁혁에게 다녀오려고 몇 번이나 시도했지만, 마치 그것만큼은 결사적으로 막으려는 듯 마교의 포위는 삼엄했다.

전서구도 전서응도 소용이 없었다.

개방이나 제갈세가가 보낸 전서응들이 간혹 가다 남궁장 인가에 소식을 전하는 것에 성공하긴 했지만 그것도 꽤 오래되었다.

남궁혁이 무림맹에 남아 있었고, 그 무림맹에 습격이 이어졌다는 소식 이후로 그들은 남궁혁에 대해서 들은 사실이 없었다. 당연히 교주인 마함천이 죽은 것도, 그에 맞서다가 남궁혁이 쓰러진 사실도 모르고 있었다.

그리고 지금, 십수 명의 마인들이 대장간의 주변을 둘러쌌다는 사실도 역시나 모르고 있었다.

　　　　*　　　　*　　　　*

　마인들은 숨소리 하나 내지 않은 채 대장간을 포위했다.

　사실 그들은 원래부터 대장간을 노린 게 아니었다.

　그들은 민도영의 동태를 살피고 있었다.

　하지만 민도영이 있는 본채는 기린대를 비롯한 남궁장인가 최고의 무인들이 철통같이 지키고 있었다.

　그들은 가급적 소요 없이, 아무런 희생자도 없이 민도영을 데려가기를 원했다.

　때문에 마인들은 기척을 숨긴 채 잠자코 기다렸다.

　중원 최고의 암살자인 무영을 비롯해 무영살문의 사람들이 도사리고 있는 남궁장인가에서 잠입을 들키지 않는다는 것은 불가능에 가까운 일이었지만, 마신의 힘을 받은 그들은 그 어느 때보다 어둠 속에 동화되어 있었기에 무영살문의 눈도 피할 수 있었다.

　그들은 그렇게 소리 없이 민도영을 살피다가, 민도영이 대장간으로 홀로 이동하자 그녀를 따라 나섰다.

　무영살문도 눈치채지 못한 그들의 기척을, 총관으로서의 능력이 아니라면 그저 평범한 여인인 민도영과 무공을 익혔다지만 그럭저럭 준재에 불과한 진우가 어찌 눈치챌 수 있을까.

두 사람이 안에서 두런두런 얘기를 나누는 동안, 마인들은 주변을 살피며 혹시 누군가가 근처에 있는 건 아닌지 확인했다.

남궁혁이 있을 때는 그의 개인 대장간 주변을 기린대가 경비했다.

하지만 남궁혁도 없는 데다가, 지금은 전시. 그렇게 한가한 인사가 있을 리 없었다.

이 새벽에도 언제 싸움이 벌어질지 모르니까 말이다.

때문에 대장간 주변은 개미 새끼 하나 없이 고요했다.

마인들이 움직였다.

그 흔한 신호도, 전음도 없었다.

그들은 대장이 딱히 없는 듯 동시에 움직였다.

마치 천을 짜는 베틀이 작동하는 것처럼 허튼 동작 하나 없이 기계적으로 자신들의 역할을 수행할 뿐이었다.

다섯이 바깥의 경계를 섰고, 다섯이 손에 침을 들고 있었다.

독은 바르지 않았다. 그저 가벼운 마취약과 수면약을 발랐을 뿐이었다.

다른 한 명은 대장간의 환기 구멍에 들고 온 병의 액체를 졸졸졸 흘려보냈다.

액체의 향을 맡으면 그 즉시 기절한 듯 잠들어 삼 일은 일어나지 않는 수면향이었다.

상대를 해하지 않고 데려가겠다는 의지가 느껴지는 물건들이었다.

수면향을 흘려보낸 후 환풍구를 막은 그들은 잠시 기다렸다.

안에는 민도영 외에 한 사람이 더 있다.

실력이 그렇게 뛰어나진 않았으나 혹시 모를 상황을 방지하기 그들 중 몇 명이 단검을 빼 들었다. 그리고 대장간 문을 노려보았다.

"총관님!"

진우가 비명을 질렀다.

바람이 잘 통하지 않는다 싶더니, 갑자기 민도영이 제 앞에서 풀썩 쓰러진 것이다.

진우는 소매로 코와 입을 막았다.

대장간 안에선 온갖 냄새가 난다.

불 피우는 냄새, 쇠가 녹는 냄새, 불순물이 타는 냄새 등등…….

그 안에 이질적인 냄새가 있었다.

대장간 냄새가 너무 짙어서 한 발짝 늦게 알아차린 것이다.

진우는 서둘러 민도영의 맥을 짚었다.

맥은 정상이었다.

그렇다면 독은 아니다. 민도영의 맥은 잠든 듯 평온했다.

진우는 민도영을 부축하고, 벽에 걸려 있는 검 중 하나를 손에 쥐었다.

남궁혁의 대장간은 남궁장인가의 심처 중 심처.

바로 뒤에 험한 산이 있고, 그 산도 남궁장인가 무인들이 지속적으로 경비를 선다.

과거 하오문도 이곳의 비밀을 캐기 위해 온갖 간자를 보냈지만 결코 남궁혁의 대장간을 엿볼 수는 없었다.

남궁장인가가 작정하고 보여 주지 않고서는 말이다.

그런 곳에 갑자기 이상한 향이 뿌려졌고, 무공을 익히지 않은 민도영이 반 각도 안 되어 정신을 잃고 쓰러졌다.

이건 습격이었다.

'여기서 본채까지…… 총관님을 모시고서는 아무리 빨라야 반 각이야. 하지만 이런 향까지 뿌렸다는 건 분명 밖에 대기하고 있다는 건데. 그들을 뿌리치고 기린대에 전음이 닿는 곳까지 갈 수 있을까?'

무인과 장인의 길 중 후자를 선택했지만, 무인으로서 수련이나 공부도 게을리 하지 않은 진우였다.

그는 아무 기척도 느껴지지 않는 대장간 밖에 최소 열 명의 마인들이 있을 거라고 추측했다.

검을 쥔 손에 땀이 배었다.

그들은 무엇을 노리는 걸까.

남궁혁의 대장간에 남아 있는 뛰어난 무기들?

하지만 완성된 무기는 창고에 별도로 보관한다. 여기에는 그리 대단한 것이 없다.

대단한 것은 남궁혁의 실력이지, 대장간의 설비와 도구들이 아니었다.

대장간을 부순다고 남궁장인가가 약해지는 것도 아니었다.

남궁장인가의 굳건한 수비를 흔들려면 오히려 요주의 인물을 제거하는 게 나았다.

무인들을 진두지휘하고 있는 현경의 고수라든가, 제갈화영, 남궁옥 같은 주요 인물.

'설마 총관님을 노린 건가?'

검을 쥔 진우의 손이 떨렸다.

민도영은 이번 대치에서 이렇다 할 역할을 하지 못하고 있었다.

그렇다고 그게 민도영의 가치를 떨어트리진 않았다.

사실 총관은 대단한 일을 하는 자리가 아니다.

상태를 유지, 보수하고 한 발짝 더 나아가게 하는 것.

체계를 막힘없이 움직이게 하는 것.

그게 바로 총관의 자리다.

그리고 민도영의 총관으로서 가치는 지금과 같은 상태에서 더욱 빛을 발했다.

그녀가 남궁장인가의 체계를 어찌나 탄탄하게 구축해 두었는지, 어떤 문제가 생겨도 금세 해결이 됐다.

마교와의 일전에 피해를 입은 민간의 복구부터 부상을 입은 무인들을 치료하는 일까지.

부족함은 하나도 없었고 피해 인력이 생기면 곧바로 대체 인력이 투입됐다.

그건 제갈화영의 뛰어난 지략만큼이나 남궁장인가가 마교를 상대로 지금까지 버텨 온 힘이 되어 주었다.

제 일이 유의미한 도움이 되지는 못하는 거 같다고, 민도영 본인이 다소 낙담할 뿐.

허나 매일같이 혼란에 빠지는 상황에서 묵묵히 체계를 바로잡는 그녀가 아니라면, 남궁장인가는 금세 모래성처럼 무너질지도 몰랐다.

찰나의 시간 동안 진우의 머릿속에서 수많은 생각이 복잡하게 얽혔다.

우리 편이 오는 기척은 느껴지지 않았다.

오히려 밖에선 조심스레 다가오는 발소리가 들렸다.

이제 안의 사람들이 모두 잠들었다고 생각한 모양이었다.

진우는 조심스럽게 숨을 내뱉었다.

이제는 방도가 없었다. 밖으로 나가야 했다. 아무리 무공을 익힌 무인이라도 오랫동안 숨을 안 쉬고 살 수는 없었다.

'하나, 둘, 셋……!'

진우가 문을 박차고 나가는 것과 마인들이 안으로 진입하는 것은 거의 동시였다.

나무 문으로 달아 둔 대장간의 창문 몇 개가 부서졌고, 진우는 밖으로 몸을 뺌과 동시에 바닥에 나동그라졌다. 그가 부축하던 민도영도 마찬가지였다.

진우는 순식간에 민도영의 신병을 마인들에게 빼앗겼다.

밖에서 대기하던 이들이 진우가 민도영을 놓친 순간 그녀를 채어 간 것이다.

"총관님!"

비명과 같은 한 마디를 외치고 검을 휘두르려는 순간.

수 개의 단검이 진우를 향했다.

정수리, 눈, 목, 그 외에도 많은 급소와 약점을 파고든 단검은 진우에게 상처를 내지 않고 그 자리에 가만히 멈췄다.

손에 들고 있던 검은 두 개의 단검에 의해 진로를 막힌 상태였다.

진우의 등줄기에 식은땀이 흘렀다.

방금 자신이 본 게 대체 무엇인가?

그들은 마치 한 몸인 것처럼 한 치의 오차도 없이, 서로의 진로를 방해하지 않고 진우를 제압했다.

그건 단합력이라고 부를 수도 없었다.

아무리 훈련을 했다고 해도 타인인 이상 약간의 오차는 존재하기 마련이다.

늘 같은 적을 상대하는 것도 아니지 않은가.

허나 그들은 해냈다.

이게 바로 마교인가?

남궁장인가의 무인들이 매일같이 목숨을 걸고 상대하는, 남궁혁이 이를 악물고 막아 내고자 하는 이들은 이런 자들이었던 건가?

진우가 몸을 부르르 떨었다.

민도영은 여전히 기절한 채, 마인의 등에 업혀 있었다.

누군가 자신의 비명을 듣고 달려와 주길 바랐지만, 본채 쪽에서는 여전히 고요한 바람만 불어올 뿐이었다.

진우를 둘러싼 마인들의 눈에 동시에 이채가 서렸다.

그들이 동시에 진우를 향해 입을 열었다.

"네 신분은 무엇이더냐. 이름은?"

십수 명의 다른 목소리가 같은 어조, 같은 높낮이로 말하니 기분이 이상했다.

별로 대답하고 싶은 기분은 아니었다. 죽일 거면 단박에 죽이라는 소리가 혀끝까지 기어 나왔다.

하지만 지금은 시간을 벌어야 했다.

본채에는 양명도 있고, 남궁옥도 있었다.

본채에서 좀 먼 별채에는 그들보다 뛰어난 현경의 고수도 있었다.

시간을 끌다 보면 그들 중 하나가 이상함을 눈치채고 달려올지도 모른다.

그렇게 생각하면 오히려 그들이 진우에게 관심을 갖는 것은 다행이었다.

"……진우."

진우가 이름을 말하자 십수 명의 마인들이 동시에 눈동자를 굴렸다. 뭔가를 생각하는 듯했다.

"진우, 진우라…… 들어 본 적 있는 이름 같군. 마뇌여, 남궁장인가의 진우라는 이름을 들어 본 적 있는가?"

십수 명의 마인들은 동시에 혼잣말을 하듯 중얼거렸다.

진우가 눈을 찌푸렸다. 이 자리에 마뇌라는 자도 있단 말인가?

하지만 누구의 기척도 목소리도 들려오지 않았다.

곧이어 십수 명의 마인들이 알았다는 듯 동시에 고개를 끄덕였다.

"아하, 그래. 그자의 제자란 말이지. 어릴 적부터 거둬 길렀다니 사실상 자식 같겠군. 그 자가 죽으면 이 아이가 모든 걸 물려받게 되는 건가?"

순간 마인들이 진우를 보는 눈빛이 달라졌다.

아까는 거추장스러운, 치워야 하는 버러지를 보는 것 같았다면, 지금은 다소 부드러워진 상태였다.

"좋다. 살려 두지. 잠시 혈을 제압해 두면 그 귀한 팔이 다치지도 않겠지?"

마인들이 말을 마침과 동시에, 십수 개의 손들이 빠르게 진우의 온몸을 훑었다.

진우는 숨이 턱턱 막혔다. 아혈을 제압당한 것은 물론이요, 사지를 꼼짝도 할 수 없었다.

진우는 마치 목석이 된 것처럼 그 자리에 툭 쓰러졌다.

마인들은 그런 진우의 숨이 막히지 않게 바로 눕혀 준 후, 다정하게 일러 주었다.

"이 여인은 내가 데려가마. 걱정 마라. 귀한 제물이니까 중히 대하마. 혈도는 반 시진이면 자연적으로 풀리게 해 두 었다. 너 또한 몸을 귀히 여기거라. 오랜 세월이 지난 후, 우리는 다시 만나게 될 테니까."

마인들은 피식 웃었다.

십수 명의 마인이 동시에 같은 표정을 짓는 것은 괴이하고 으스스하기 짝이 없었다.

그들은 그렇게 웃고는 다시 산 너머로 몸을 날려 사라졌다.

그들이 민도영을 데리고 가는 것을 진우는 그저 눈알만 데룩데룩 굴리면서 지켜볼 수밖에 없었다.

그런 진우를 남궁장인가 사람들이 발견한 것은 이 각 후였다.

제갈화영이 민도영을 찾으러 왔다가 쓰러진 진우를 발견한 것이다.

그녀는 서둘러 무인들을 불러 와 진우의 아혈을 풀었다. 아혈을 풀자마자 진우는 마인들이 민도영을 데려갔다는 말을 전했다.

제갈화영은 재빨리 무영에게 추격을 명했다.

원래 무영살문은 남궁혁의 명만 들었지만, 상황이 급박해지면 남궁혁이 제갈화영의 명을 들어 달라고 부탁한 덕분이었다.

하지만 무영이 찾을 수 있었던 건 민도영이 늘 품에 지니고 다니던 은으로 된 머리 장식뿐이었다.

*   *   *

마헌은 감았던 눈을 천천히 떴다.

마신이 그의 몸에 깃들면서 그의 눈은 오묘한 광채를 띠었다. 그것은 밝은 듯 어둡고 흐린 듯 깊었다.

마뇌는 그 눈동자와 눈이 마주치는 순간 다시 바닥에 몸을 바짝 엎드렸다.

"마신이시여. 어찌 이런 일에 직접 나서십니까. 한 마디 명령만 내려 주셨다면 제가 직접 해결했을 것을……."

마헌은 빙긋 웃었다.

그의 웃음을 마뇌가 보지는 못하겠지만 말이다.

마헌은 내내 품에 안고 있던 마신검의 검갑을 손으로 쓸었다.

마헌에게서 말이 없자 마뇌는 더욱 식은땀을 흘리며 바닥에 머리를 박았다.

"속하가 무능하여 마신께서 신경 쓰지 않으셔도 될 하찮은 일에 손을 쓰시게 한 것 같습니다."

하하하, 마뇌의 말에 마헌의 입에선 웃음이 터져 나왔다.

마뇌는 그 웃음의 종류가 무엇인지 해석하느라 골머리를 앓았다.

표정을 볼 수 없으니 저 웃음이 유쾌해서 인지, 아니면 불쾌해서 인지 알 수가 없었다.

하지만 다행히도 마헌의 부드럽고 자애로운 목소리가 그

를 달랬다.

"마뇌여. 너무 염려하지 말아라. 이 일은 너무나 중하여 내가 나선 것뿐이니. 너는 그동안 참으로 잘해 주었다."

수하의 공적을 칭찬하는 마헌의 말에 마뇌는 안도의 한숨을 내쉬었다.

얼마 전, 팽천룡과 남궁혁을 죽이러 갔던 마함천이 어이없게 죽어 버리는 바람에 자신이 얼마나 애가 탔는지.

마함천을 쓸 수 있게 내 달라고 한 것은 마뇌 자신이었다.

그러니 마함천의 패배도 그로 인해 마인들의 사기가 수직낙하한 것도 다 마뇌의 책임인 것이다.

허나 마신은 그 일에 대해서 무척이나 이상한 반응을 보여 주었다.

그는 웃었다.

지금처럼 의미를 알 수 없게 웃은 것이 아니라, 너무 유쾌하고 즐거워서 어쩔 줄 모르겠다는 듯 배를 잡고 웃어 댔다.

마헌의 육체를 제외하고는 마신의 힘을 가장 많이 받아들인 이가 죽음을 맞이했다는 데도 그랬다.

그 사실이 마교 전체에 크나큰 패배감을 안겨 주었건만, 마신은 정작 그렇지 않은 듯했다.

오히려 그는 눈물이 나올 정도로 웃어 버리고는 눈가를 쓱 닦으며 중얼거렸다.

"그래, 그 정도는 되어야지."

그 말은 대체 어떤 의미일까.

마함천의 패배조차도 마신에게는 그저 자신에게 대항하는 인간들의 귀여운 발악처럼 보이는 것일까? 일종의 유희거리처럼?

과거 중원을 지배했던 절대자들 중에는 그런 성품을 가진 이들도 있었다.

그런 의미라면 정말 다행이었다.

마신이 기분 나빠하지 않으니 마뇌에게 책임을 묻지도 않을 것이요, 마함천을 쓰러트린 자들조차도 마신은 이길 수 없다는 뜻일 테니까.

"내가 지시한 사항은 차질 없이 진행되었겠지?"

"예, 그렇습니다. 말씀하신 대로 남궁장인가 놈들이 교의 영역을 넘어 무림맹으로 달려갈 수 있게 길을 터 주었습니다."

마뇌는 슬며시 고개를 들고 이를 고했다.

민도영을 납치하고자 한 건 마신의 뜻이었다.

마신은 십수 명 마인들의 몸과 정신을 직접 지배하면서
까지 민도영을 납치하고자 했다.

그리고 납치 직후에는 남궁장인가의 연락책이 무림맹에
닿도록 지시했다.

철통처럼 막아섰던 경비를 느슨하게 해 준 것이다.

대체 무슨 생각이신 걸까.

마뇌로서는 도통 마신의 생각을 읽을 수가 없었다.

설마 마신 또한 정파의 신성들을 경계하는 것일까?

가능성이 있는 얘기였다.

민도영을 납치한다는 계획은 마함천의 패배가 알려진 직
후에 수립되었다.

민도영은 남궁혁이 가장 아끼는 여인.

두 사람이 이미 연정을 나누고 있을 가능성이 높다는 정
보도 있었다.

그런 여인을 납치해 남궁혁을 함정에 빠트린다는 건 꽤
나 정석적인 계략이었다.

지금껏 조사한 남궁혁의 성품으로 보아선 민도영을 죽게
내버려 두지 못할 테니까.

하지만 반대로 생각하자면, 이건 마뇌가 쓸 만한 전략이
었다.

절대 마신이 직접 나서서 주도할 만한 계략이 아니었다.

설마 정말 신성이라는 것이 존재하고, 그들은 마신에게
도 대항할 힘이 있는 걸까?

마뇌의 머릿속이 복잡하게 돌아갔다.

"손님을 맞을 준비를 하도록 하지."

"차질 없이 준비하도록 하겠습니다."

"진정한 대계는 이제부터 시작이요, 또한 끝일 것이다."

마뇌가 다시 바닥에 머리를 박았다.

마헌은 천천히 그 몸을 일으켰다. 생기를 받으러 갈 시간
이었다.

마헌의 육체는 마신을 받아들이는 데 성공했지만, 이를
유지하기 위해선 엄청난 생기를 필요로 했다.

지금까지 제물로 받아들인 이들의 목숨으로 그것을 유지
하는 것도 있었지만 이것도 사실 모자랐다.

마헌의 육체는 마신을 받아들인 부작용으로 인해 엄청난
육욕을 갖게 되었다.

이를 제때제때 해소해 주어야 했다.

문제는 이 마헌의 육체가 아무나 안으려 하지 않는 게 문
제였다.

하여간 까다로운 몸이라고, 마신은 불평했다.

다행히 마헌이 원하는 여인이 하나 있었다.

바로 그의 자식을 배었던, 신마신녀 모용청경이었다.

이 때문에 모용청경은 마교의 원정에 따라와 심처에 갇혀 있었다.

그녀의 상태도 썩 좋지는 않았다.

자신이 죽이려 했던 아이가 오히려 마신을 부르는 매개가 되었다는 사실을 안 그녀는 정신이 반쯤 나가 버렸다.

때문에 대부분의 시간을 약에 중독되어 죽은 듯이 잠만 자거나 눈이 풀린 채로 누워 있곤 했다.

당연히 마헌과의 정사에서도 축 늘어진 시체 같은 모습을 유지했다.

그런 여인이 뭐가 좋은지, 마헌의 육체는 꼭 모용청경에게만 반응을 했다.

그래도 쓸모가 있으니 다행이라고나 할까.

마헌은 마뇌와 얘기를 나누던 방을 나섰다.

그리고 모용청경이 있는 뒤채로 향했다.

문 앞에서 대기하고 있던 마영이 그 뒤를 따르며 마헌을 호위했다.

마함천이 유명을 달리한 이후, 마교는 계속해서 전선이 밀려났다.

그들은 근거지로 삼던 마을도 내주고 후퇴해야 했다.

마신이 머물고 있던 부호의 장원도 떠나야 했다.

마신이 직접 나섰다면 그럴 필요까진 없었겠지만, 그는

아직 전면에 나설 생각이 없었다.

그래서일까, 새로이 옮긴 장원의 경비는 어수선하기 짝이 없었다.

마함천의 일로 사기도 뚝 떨어진 상태.

그래서인지 장원의 경비 여기저기에서는 빈틈이 눈에 띄었다.

"마영."

"예. 하명하실 일이라도?"

"뒤채에 쥐새끼가 들어왔군."

마헌의 말에 마영의 눈이 놀람으로 크게 떠졌다.

마영은 마신 재림 이후 그의 주변 호위를 전담하게 되었다.

교의 그림자에 불과하던 이전에 비하면 엄청난 출세였다.

마신에게 무슨 호위가 필요하겠냐마는, 바로 근거리에서 마신을 보좌하는 측근이라는 건 부정할 수 없는 사실이었다.

그만큼 그는 자신의 책무를 최선을 다해 수행했다.

특히 다른 곳의 경비는 다소 허술할지라도, 뒤채의 경비만큼은 철저히 했다고 자부한 마영이었다.

뒤채는 동남동녀 한 쌍과 노인, 청년, 아이를 밴 어미를 하루에 한 번 제물로 바치는 임시 제단인 데다가, 현재 마헌의 거처이기도 했다.

또 마헌이 육욕을 풀 수 있는 유일한 대상인 모용청경이 머물러있는 곳이기도 했다.

그런 뒤채에 잠입이 있다는 건 마영의 일에 실수가 있다는 뜻이었다.

마신이 자신을 믿고 맡긴 일인데 말이다.

"당장 처리하고 오겠습니다."

마영의 눈이 서슬 퍼렇게 빛났다.

분명 무림맹의 놈들일 것이다.

감히 마신 앞에서 이런 치욕을 맛보게 하다니.

하지만 당장이라도 달려 나가려는 마영에게 마신이 입을 열었다.

"내버려 두어라. 탐색만 하고 나가는 것 같구나."

"허나 뒤채에는 신마신녀가 있습니다."

"신마신녀가 있기 때문이지."

마신은 알 수 없는 말을 내뱉고는 잠시 뒤채의 앞에서 기다렸다.

마영도 이젠 느낄 수 있었다. 아까 마신이 말을 내뱉은 건 뒤채에서도 한참이나 떨어진 거리일 때였다.

문 안에 과연 이질적인 기를 가진 자의 움직임이 느껴졌다.

한자리에 머물러 있는 것으로 보아 마신의 기를 느끼고 어찌할지 고민하는 모양이었다.

"신마신녀는 모용의 딸. 그를 구하러 온 이가 누구인지 대충 짐작이 가는구나. 그렇다면 손을 대선 곤란하지."

"모용청연을 말씀하시는 겁니까?"

원래 잠입과 정보를 다루던 마영은 마신이 말하는 이가 누군지 곧바로 알아차렸다.

하지만 손대면 안 된다는 말은 이해할 수 없었다.

"속하가 무지하여 마신의 큰 뜻을 이해하지 못했습니다."

"곧 알게 될 것이다."

마헌이 빙긋 웃었다. 마영은 그저 고개를 숙였다.

상대는 마신이다. 자신처럼 평범한 인간과는 다른 원대한 뜻을 갖고 계시리라.

"불안한가? 내가 의미를 알 수 없는 행동을 하는 것이 말이다."

"아, 아닙니다. 저희는 그저 마신의 뜻을 따를 뿐입니다."

"허나 다른 자들은 그렇게 생각지 않는 거 같더군."

마헌이 주변을 둘러보며 말했다. 경비를 서는 마인들의 불안한 얼굴이 그의 눈에 들어왔다.

마교의 수뇌부는 일반 신도들에게 마신이 마헌의 몸에 들어갔다는 것은 알리지 않았다.

굳이 알릴 필요가 없었다.

마신 재림은 이미 그들의 몸으로 느낀 일이었으니깐.

자신들의 몸에 들어찬, 자질의 끝을 보여 주는 마신의 힘!

마인들을 이끄는 것은 그것으로 충분했다.

하지만 마함천이 죽었다.

마신의 힘을 가장 많이 받았다는 그 마함천이, 교주가!

교주가 죽고 그 후계자인 소교주 마헌이 있다고는 하나, 마헌은 두문불출한 채 교주가 죽은 지 며칠이 되었는 데도 교인들 앞에 얼굴도 비치지 않고, 자신이 새 교주임을 천명하지도 않았다.

그저 마뇌나 마영 같은 수뇌부와 얘기를 나누고, 매일같이 처소로 돌아가 모용청경과 뜨거운 밤을 보낼 뿐.

마인들의 마신에 대한 신뢰가 흔들리는 건 어쩔 수 없는 일이었다.

"죄송합니다. 저희들이 미욱하여…… 다시 기강을 바로 잡도록 하겠습니다."

마영이 안절부절못했다. 아랫사람들이 흔들리는 건 다 윗사람인 자신들의 책임이었다.

"그럴 필요 없다. 내 미처 너희들의 마음을 생각지 못했구나. 인간은 보이는 것만 믿기 마련이지. 허례허식이라 생각했으나, 때론 그 또한 중한 법."

"지금 말씀하시는 바는, 그렇다면……."

"마뇌에게 전하거라. 곧 신도들에게 모습을 보일 거라고 말이다."

"예, 알겠습니다."

마영이 즉시 자리에 무릎을 꿇고 마신의 명을 받들었다.

마신이 직접 나선다면 마인들의 사기는 문제없다.

단숨에 회복될 것이다.

마함천이 살아 있던 때 그 이상으로!

"슬슬 쥐새끼가 쌀알을 물고 창고를 나가려는 모양이다."

마헌이 씩 웃었다.

마영은 그의 눈치를 살폈다.

그는 모용청연을 살린다고 했다.

그렇다면 그냥 도망치게 두는 것일까?

"허나 쌀알을 가져가게 두어선 안 되지. 내게도 꼭 필요한 것이니 말이다."

마헌이 말하는 바는 분명했다.

모용청연의 목적은 바로 뒤채에 갇혀 있는 모용청경.

그녀를 빼앗겨서는 안 된다는 뜻이었다.

"속하, 명을 받들겠습니다."

"상처는 내지 말고 고이 돌려보내거라."

마헌의 말에 마영이 곧바로 몇 사람을 이끌고 사라졌다.

잠시 뒤, 뒤채 안에서는 건물이 무너지는 것 같은 엄청난 소리가 났고, 자그마한 체구의 인형이 홀로 몸을 빼며 장원에서 멀어지는 기척이 느껴졌다.

第三章

결단

적막이 흐르는 방 안.

남궁혁은 그 안에 홀로 누워 있었다.

그의 온몸에서는 은은한 매화향이 향기롭게 피어났다.

삼일 전 복용한 화영수오단의 효과였다.

구걸의 설득에 장문인이 넘어가긴 했지만, 화영수오단이 남궁혁에게 오기까지 장애물이 없는 건 아니었다.

화산의 원로들이 들고 일어났고, 화영수오단을 받기만 고대하던 화산의 후기지수들도 어떻게 알고 찾아와 장문인 의 앞에서 열변을 토했다.

그들의 주장은 같았다.

남궁혁은 외인이었고, 화영수오단은 화산의 보물이다.

남궁혁이 아니라 다른 고수에게 먹인다면 마교를 상대하는 데 더 큰 도움이 될 수도 있는데 왜 굳이 그에게 내주어야 하냐는 거였다.

그 말에 장문인은 모두를 남궁혁이 누워 있는 별채로 데리고 갔다.

그 앞에는 수많은 사람들이 조용히 장사진을 치고 있었다.

마함천의 죽음을 기념하던 분위기가 다소 가시자, 남궁혁이 그를 상대하다 쓰러졌다는 말이 돈 것이다.

장문인이 이끌고 온 이들은 그 자리에서 침묵하며 걱정스러운 얼굴을 하는 이들이 누군지 알아보았다.

모를 수가 없었다.

그들은 이름만 대도 '아!' 소리가 나올 정도로 유명한 정파의 고수들이었다.

일전에 남궁혁과 팽천룡이 팽팽한 설전을 벌일 때, 그들 사이에서 누구의 말이 옳은지를 갈등하던 이들 말이다.

그들은 모두 한마음 한뜻으로 남궁혁의 무사를 기원하다가 자리를 뜨고, 또다시 찾아오기를 반복했다.

그들의 마음속에 남궁혁의 불타는 신념과 강철 같은 의지가 단단히 박힌 것이다.

장문인은 별다른 말을 하지 않았다.

그저 원로와 후기지수들에게 그 모습을 보여 주었다.

그리고 원로회는 만장일치로 화영수오단의 사용을 허가했다.

후기지수들도 더는 반발하지 못했다.

그저 자신들도 저만한 사람이 되기를 바라며 남궁혁을 부러워하고, 또한 인정했을 뿐이었다.

뛰어난 의원이 남궁혁에게 화영수오단과 이를 보조하는 약재를 먹이고 남궁혁이 안정을 취하도록 했다.

팽천룡을 비롯해 온갖 고수들이 호법을 자처하고 나섰다.

팽천룡과 구걸 등, 남궁혁과 친분이 있는 이들이 방 밖에서 바로 호법을 서고 다른 이들은 별채 밖에서 번갈아 가면서 주변의 소란을 잠재워 주기로 했다.

그렇게 삼 일이 지난 것이다.

영단을 복용한 첫 날은 주변을 온통 긴장하게 했다.

기력이 쇠한 채 며칠을 누워 있던 그의 몸이 화영수오단의 막대한 기를 받아들이느라 몇 번이고 들썩였던 탓이다.

혈관이며 온몸이 터질 듯 부풀고, 풍 맞은 사람처럼 몸을 부르르 떨기도 했다.

감긴 눈꺼풀을 들어보면 흰자위만 보일 정도로 눈이 뒤집어져 있었다.

남궁혁의 몸이 화영수오단의 기를 갈무리하기 힘들어하자, 병석에 누워 있던 남궁현암이 나섰다.

그는 남궁혁과 혈연지간이었고, 동시에 같은 내공심법과 같은 무공을 익힌, 그 누구보다 남궁혁과 덜 이질적인 기를 가진 자였다.

남궁현암은 그의 건강을 염려하는 의원들의 만류를 물리치고 남궁혁의 몸속에서 분탕질을 치고 있는 화영수오단의 기를 붙잡아 이끌었다.

그렇게 이틀을 하자 기틀이 잡혔다.

남궁혁의 몸은 남궁현암의 지도를 따라 화영수오단의 기를 가다듬기 시작했다.

물론 그 모든 일이 끝나고 남궁현암이 지쳐 쓰러졌음은 당연한 일이었다.

그렇게 격체전력이 끝나고 하루.

장문인은 적어도 열흘은 있어야 남궁혁이 회복할 거라고 예측했다.

남궁혁을 얕봄이 아니었다.

지금까지 화영수오단을 복용해 온 화산의 무인들이 그 정도 걸렸기 때문이었다.

때문에 오늘 근거리에서 호법을 서고 있던 은태림도 그렇게 생각했다.

남궁혁이 지금 눈을 뜰 리가 없다고.

하지만 남궁혁이 눈을 뜬 건 그날 오후였다.

보통 열흘은 걸리는 일을 고작 삼 일 만에!

그것도 온몸이 온전치 않은 상태에서 벌써 일어나다니!

은태림은 호들갑을 떨며 팽천룡과 구걸에게 이 소식을 알리기 위해 달려갔다.

두 사람은 단숨에 달려왔고, 남궁혁에게 격체전력을 행하느라 쓰러져 있던 남궁현암은 자리에서 일어나려다 의원에게 구박을 받았다.

이외에 화영수오단을 내주었던 장문인과 화산의 원로들이 다녀갔다.

남궁혁은 자신에게 화산의 보물이 내려졌다는 사실, 이를 위해서 은태림과 구걸이 애를 썼다는 사실을 알고 감사를 표했고, 또한 마함천이 죽었다는 사실에 놀람과 기쁨을 표했다.

모용청연이 검을 두고 사라졌다는 소리에는, 모용청연의 말처럼 그저 '그랬구나.' 라고 고개를 끄덕였을 뿐이었다.

그는 그녀가 전해 달라던, 십 년 전의 약속을 듣고는 미소를 지으며 고개를 끄덕였다.

이외에도 그가 쓰러져 있는 동안 있었던 크고 작은 일들에 대한 얘기를 들었다.

남궁장인가에 관련된 얘기가 없다는 사실에 남궁혁은 낙
담했지만, 무소식이 희소식이려니 하며 마음을 달랬다.

모두들 파도처럼 몰려왔다가 사라진 후, 남궁혁은 좀 쉬
어야겠다며 사람들을 물렸다.

온몸이 물먹은 솜처럼 무거웠고, 동시에 또한 바람처럼
가벼웠다.

두 가지 이질적인 느낌이 동시에 든다는 사실이 이상했다.

하지만 정말 그런 느낌이었다.

하루 종일 힘겹게 망치질을 하고, 온몸에 피로가 쏟아지
지만 동시에 개운한 그 느낌과 비슷하다고나 할까.

본래 쌓아 왔던 것보다 더 정순하고 맑은 기운이 장강의
강물처럼 도도하게 자신의 혈맥을 따라 흐르는 것이 느껴졌
다.

남궁혁이 원래 쌓았던 내공도 그리 탁한 게 아니었는데,
역시 대문파에서 귀히 여기는 귀물은 달라도 다른 모양이었
다.

'이 정도면…… 좀 더 위를 노려봐도 될 거 같은데.'

남궁혁은 가부좌를 틀고 눈을 감은 채 자신의 실력을 가
늠해 보고 있었다.

무림에서 흔히들 하는 말 중에, 죽음을 겪고 살아 돌아오
면 실력이 진일보한다는 얘기가 있다.

틀린 말은 아니다.

남궁혁은 한 번 죽었고, 어린 시절로 돌아와 새로운 삶을 살았다.

이전 삶에 비해 남궁혁의 실력이 얼마나 성장했던가?

비교도 할 수 없었다.

이전 삶의 그가 반딧불이라면 지금의 남궁혁의 경지는 태양과 같았다.

그리고 지금, 한 번 죽음에 가까운 탈진을 겪고 눈을 뜬 남궁혁의 실력은 한 발 나아가 있었다.

태양을 가리던 구름들이 하나둘 자리를 비킨 것 같았다.

온몸에 흐르는 기는 전보다 더 막힘이 없었고 세상과 자신에 대한 감각은 더욱 깊어졌다.

숨을 한 번 들이쉬고 내쉼에 따라 주변의 공기가 어떻게 흘러가는지를 느낄 수 있었고, 자신이 묵는 별채의 기둥 어디가 썩어 바람이 새는지, 기둥이 기울어졌는지 따위가 느껴졌다.

반경 삼 장까지의 모든 것이 남궁혁의 감각 안에 들어왔다.

"휴……."

남궁혁은 숨을 깊게 내쉬었다.

숨 쉬듯 자연스럽게 되는 건 아니었다. 아직은 집중해야만 가능했다.

하지만 좀만 더 노력한다면 세상 만물을 지각할 수 있을 것이다.

그것이 아마도 현경의 경지.

이제 드디어 남궁혁이 현경을 목전에 둔 것이다.

"……!"

순간 남궁혁이 자리에서 벌떡 일어났다.

그러곤 문을 열고 밖으로 뛰쳐나갔다.

갑자기 별채 밖으로 뛰어나온 그 때문에 놀란 경비들이 호들갑을 떨었다.

무슨 습격이라도 받은 건가?

하지만 남궁혁은 별채 담에서 몇 발짝 떨어진 커다란 나무 앞에 섰다.

"무영!"

남궁혁의 외침에 한 그림자가 나무 위에서 툭 떨어졌다.

검은 천으로 온몸을 감싼 그는 분명 남궁장인가에 있어야 할 무영이었다.

"괜찮아요? 정신 차려 봐요!"

하지만 무영은 제대로 답하지 못했다.

복면 너머로 드러난 얼굴은 파리했다.

남궁혁의 얼굴이 심각해졌다.

남궁혁이 주변 만물을 살피고 있지 않았더라면 무영을

눈치 못 챘을지도 모른다.

하지만 갑자기 익숙한 기가 느껴졌고, 그게 무영의 것이라는 걸 깨달은 순간 뛰쳐나온 것이었다.

아무리 흔들어도 무영은 정신을 차릴 기미가 보이지 않았다.

남궁혁은 서둘러 그를 부축했다. 놀란 경비들도 다가와 그를 부축하는 것을 도왔다. 한 명은 이를 상부에 보고하기 위해 후다닥 뛰어갔다.

남궁혁의 손에 닿은 무영의 옷자락이 축축했다.

피였다.

무영살문의 모든 이들은 피 냄새를 없애는 약을 늘 상비하고 다닌다.

그 약을 온통 뒤집어쓴 모양이었다.

이렇게 피를 많이 흘리고 있는데도 그 냄새를 맡을 수 없었다니.

"의원!"

남궁혁이 크게 외쳤다. 남궁혁을 돌보던 의원이 그의 별채 한쪽에 머물고 있었다.

남궁혁의 목소리를 들은 그가 놀라서 헐레벌떡 뛰어나왔다.

남궁혁은 자신의 방에 무영을 눕히고 경비와 함께 그의

옷을 벗겼다.

온몸이 상처투성이였다.

남궁혁의 표정이 심각해졌다.

대체 누가 그 무영살문의 문주인 무영을 이렇게 만들 수 있단 말인가.

"심각하군요. 당장 침과 약을 가져오겠습니다."

남궁혁의 부름에 서둘러 뛰어나왔던 의원은 치료 도구를 가져오겠다며 다시 방으로 달려갔다.

그 사이 남궁혁은 혈도를 눌러 급하게 지혈을 하고 맥을 짚었다.

모든 맥이 가라앉아 있었다.

여기까지 살아서 온 게 용할 정도였다.

아마 남궁혁을 찾아 왔다가 나무 위에서 반쯤 기절했던 게 아닐까.

그렇게 이를 악물고 여기까지 온 이유가 무엇일까.

남궁혁은 입술을 깨물었다.

그는 무영에게 전력을 다해 세가를 지켜 달라고 부탁했다.

자신에게 다른 소식 전할 생각하지 말고, 오로지 세가를 위해 달라고 말이다.

불길한 생각이 머릿속을 스치고 지나갔다.

남궁장인가가 결국 마교에게 당한 것일까?

남궁혁은 도리질을 쳤다.

그런 생각은 하는 게 아니었다. 말이 씨가 된다는 얘기도 있지 않나.

그런 생각은 해 봤자 여러모로 손해였다.

하지만 눈앞에 있는 무영을 보면 그 생각을 아주 뿌리 뽑을 수도 없었다.

남궁혁은 최대한 좋은 쪽으로 생각하려고 애를 썼다.

마인들이 남궁장인가를 점령했으나, 그의 식솔들은 무사히 대피를 했다거나 하는 생각 말이다.

만에 하나 좋은 소식일 수도 있다.

이 상황을 타개할 수 있을 만한 제갈화영의 전략을 전하기 위해서 무영이 목숨을 걸고 마교의 전선을 넘어왔을 수도 있지 않나.

오히려 그쪽이 설득력이 있다. 무영은 약속의 무게를 아는 자다.

남궁장인가가 몰살을 당했다면 무영도 그중 한 명이 되지, 이렇게 혼자 살아 남궁혁에게 소식을 전하러 오진 않았을 거다.

남궁혁이 불안함을 감추지 못하고 있을 때, 의원이 돌아왔다. 다른 동료 의원들과 함께였다.

그들이 무영의 전신에 침을 놓고, 갖고 있던 단약을 입에 털어 넣었다.

온갖 부위에 뜸을 뜨는 냄새가 방 안에 가득해졌다.

순간, 무영이 검은 피를 왈칵 토하며 몸을 일으켰다.

"무영! 정신이 들어요?"

"소, 소가주……."

"그래요. 나예요. 대체 무슨 일이 있었던 겁니까?"

남궁혁은 무영의 몸을 일으켜 주며 물었다.

마음 같아선 그가 회복된 후에 물어보고 싶었지만, 머릿속에선 불길한 생각이 쉽사리 가시지 않고 있었다.

"총관님이, 마인들에게 납치를 당하셨……."

남궁혁의 심장이 덜컥 내려앉았다.

"그게 무슨…… 도영이 왜……."

상상도 못 해 본 일이었다.

남궁장인가가 몰살을 당했다면 모를까, 민도영이 납치당하는 상황은 정말 예상치 못한 일이었다.

무영은 그 한 마디만을 남기고 다시 기절했다.

서둘러 달려 나간 경비로부터 소식을 들은 몇몇 주요 인사가 남궁혁을 찾아왔다.

하지만 무영이 정신을 차리지 못하자 곧 돌아갔다.

남궁혁도 영 상태가 안 좋아 보이니 나중에 찾아오자는

생각이었다.

그들이 돌아간 직후에는 팽천룡과 은태림이 방문했다.

은태림은 넋 나간 남궁혁을 보곤 팽천룡의 팔을 끌고 밖으로 나왔다.

"안 좋은 소식이 도착한 게 분명해."

은태림은 왜 억지로 끌고 나오냐는 팽천룡의 불만에 그렇게 답했다.

정보전을 담당하는 이로서 다져진 감각은 무영의 상처와 찢어진 옷에서 불행의 기운을 읽었다. 남궁혁의 표정에서는 절망을 읽어 냈다.

남궁혁이 뭔가 들은 게 틀림없었다.

하지만 자신들이 당장 그 사실을 들어야 할 필요가 있을까?

정파 무림이 당장 움직여야 하는 일이었다면 남궁혁이 먼저 나섰을 것이다.

그를 찾아와 전한 일이 얼마나 끔찍한 일이든 말이다.

하지만 그가 멍하니 허공만 바라보고 있다는 건, 맹의 힘을 빌려도 어떻게 할 수 없는 일이 이미 벌어졌다는 뜻이었다.

은태림이 예상한 것은 남궁장인가의 몰살이었다.

그도 민도영이 마교에 납치되었을 거라고는 생각지 못했다.

남궁혁은 멍하니 앉아, 온몸에서 뜸 냄새를 풍기는 무영을 보며 고민에 고민을 거듭했다.

　왜 그랬을까.

　마교가 왜 민도영을 납치했을까.

　그냥 죽인 것도 아니고 납치라고 했다.

　그건 뭔가 의도가, 목적이 있다는 뜻이었다.

　민도영을 납치해서 마교가 얻을 수 있는 이득이 대체 뭐란 말인가.

　그녀는 그저 남궁장인가의 총관에 불과할 뿐이었다.

　오히려 제갈세가의 재녀인 제갈화영을 납치하는 쪽이 더 이득이 아닌가?

　그녀라면 제갈세가를 비롯해 정파 무림의 온갖 비밀을 알고 있으니 마교에도 도움이 된다.

　그게 아니라면 제갈화영을 두고 제갈가와 협상을 할 수도 있다.

　하지만 민도영은 아니다.

　세가를 운영하면서 무림의 비밀이나 기타 다양한 정보를 접하긴 했지만, 그래 봤자 민도영은 오로지 남궁장인가와만 관련된 사람이었다.

　그도 아니라면 천유도 있다.

　무공을 익혀 두 여인보다는 납치하기 까다롭겠지만, 팽

가와는 연을 끊었다고 해도 팽가주의 둘째 아들이다.

남궁옥은 어떤가? 남궁세가의 무남독녀다.

민도영은 분명 남궁장인가의 심처에 있었을 터.

그녀를 납치할 수 있었다면 다른 이들도 충분히 가능했다.

대체 무엇을 노리고 그녀를 납치한 건가.

남궁혁은 자리에서 벌떡 일어났다.

뜸 태우는 연기가 자욱한 방 안에서 혼자 머리를 싸매고 있자니 골이 터질 것 같았다.

그는 천신이검만 챙긴 채 별채를 나섰다.

그러곤 화산의 담장을 넘어 계곡으로 향했다.

절벽에 가까울 정도로 가파른 계곡을 빠르게 디디면서 달렸다.

계곡을 내려가다가 다시 방향을 꺾어 높디높은 봉우리까지 단숨에 뛰어올랐다.

남궁혁은 달렸다.

최소한의 내공만으로, 숨이 차오를 때까지 화산의 험준한 봉우리들을 뛰어다녔다.

"허억…… 허억……."

한 시진을 전력으로 달리고 나서야 숨이 거칠어졌다.

남궁혁은 계곡 중턱에 발을 멈추고 돌로 된 절벽에 대충 몸을 기댔다.

그렇게 한참을 달리고 나니, 터질 것 같던 머리가 조금은 가벼워졌다.

아까는 마교의 의도, 무영에 대한 염려, 그리고 민도영에 대한 걱정 등이 정신없이 얽혀 어떤 생각도 할 수가 없었다.

이제는 좀 나았다. 남궁혁이 깊게 숨을 내쉬었다.

"눈치 보지 말고 나와."

남궁혁의 말에 반대편 계곡에서 팽천룡이 모습을 드러냈다.

남궁혁이 피식 웃었다.

팽천룡이 따라오고 있는 것은 처음부터 알고 있었다.

은태림이 끌고 나갔지만, 팽천룡의 기는 별채 주변을 서성거리고 있었으니까.

그러다가 남궁혁이 뛰쳐나가니 걱정이 돼서 쫓아온 모양이었다.

"이제 괜찮아. 마침 잘 됐다. 여기 와서 앉아 봐. 얘기할 사람이 필요했어."

"나로서도 충분하다면."

남궁혁이 손짓하자 팽천룡이 가까이 다가왔다.

남궁혁은 실로 대화할 사람이 필요했다.

언제나 타인과 의견을 나누고 모든 일을 결정했기 때문만은 아니었다.

자신의 마음을 짓누르는 걱정과 염려, 이걸 나눌 수 있는 사람이 필요했다.

그런 것에 매몰되어 버리면 아무것도 못하니까.

"도영, 그러니까 우리 세가의 총관이 납치됐어."

팽천룡은 묵묵히 남궁혁의 얘기를 들었다.

팽천룡은 민도영에 대해서 잘 알지는 못했다.

그저 남궁혁이 가장 많이 입에 올리는 여인이라는 것 정도만 알았다.

은태림은 남궁혁이 그녀를 좋아하는 거 같다고, 서로 좋아하는 사이가 아니겠냐고 추측했다.

남궁혁의 입에선 은태림이 추리한 그 내용이 흘러나오고 있었다.

다만 달랐다.

은태림이 흥미 어린 말투로 얘기했던 그들의 연정은, 매사 무뚝뚝한 팽천룡도 가슴이 아려질 정도로 안타까웠다.

단순히 비밀로 간직하고 있다는 사실 때문이 아니었다.

그렇게 조심스레 마음을 통했던 정인이 마교에 납치를 당했다는 사실, 그것이 팽천룡을 마음 아프게 했다.

그의 정인도 늘 마교의 추적을 피해 다니며 사는 여인이기 때문에 더 그렇게 느껴졌을지도 몰랐다.

"대체 왤까? 왜 하필 그녀일까? 차라리 나를 잡아가지, 나를 죽이지. 왜 하필……."

남궁혁의 눈에서 눈물이 흘렀다. 팽천룡도 그의 눈물에 먹먹해졌다.

하지만 당사자인 남궁혁 앞에서 팽천룡이 울 수는 없지 않은가.

그는 먹먹한 목을 삼키며 입을 열었다.

"납치에는 여러 가지 목적이 있다. 금품을 요구하거나, 자신들이 원하는 조건을 받아들이길 원하는 거지. 민 총관을 납치한 것도 그런 연유일 가능성이 높다."

"그건 나도 알아. 하지만 그녀는 무림에 연고가 없어. 남궁장인가가 전부야."

"남궁장인가, 그보다는 너를 노리는 것일 가능성이 높군."

"나를?"

남궁혁이 소매로 눈물을 훔치고 물었다.

"태림이 말해 주었다. 네가 마교 내 요주의 인물이라고 하더군. 최근에 붙잡은 마인들을 취조해 알아낸 결과다. 그리고, 마교 교주의 일도 있지. 나와 태림은 그자가 왜 본대와 싸우지 않고 우리 쪽으로 왔는지를 내내 고민해 왔다."

"생각해 보니 이상하네."

남궁혁은 미처 생각지 못한 부분이었다.

남궁혁은 정신없이 마함천을 상대하다가 쓰러졌고, 마함천이 죽었다는 사실도 몇 시진 전에 알았다.

그 직후엔 무영과 그가 전한 소식 때문에 정신이 없었고. 그걸 고민할 여유는 전혀 없었다. 하지만 듣고 보니 이상했다. 대체 왜?

"태림이 내린 결론은, 그가 너를 제거하기 위해 움직였다는 거였다."

"나를?"

"그래. 너는 계속해서 마교의 행사를 방해하는 행보를 했지 않나. 그로 인한 원한이 절대 얕지 않을 터. 네가 전방으로 나온 김에 너를 먼저 처리하려고 했던 거 같다."

"고작 그 정도로 교주나 되는 자가 움직인다고?"

"고작 그 정도가 아니다. 그들의 입장에서 생각하면 백년대계의 수족이 잘려 나간 셈일 테니."

남궁혁도 미미하게 고개를 끄덕였다. 하지만 역시 이해는 안 갔다.

"나를 제거하려다가 교주까지 죽었으니까, 나를 꾀어내 죽이려고 민 총관을 납치한 거다?"

"가능성이 있는 얘기지."

"마인들의 성정대로라면 차라리 날 괴롭히기 위해서 그녀나 세가 사람들을 죽이는 게 낫지 않나? 아니다. 이미 벌어진 일 중심으로 생각해야지."

차라리 그게 아닌 게 다행이려나.

남궁혁은 고개를 떨어트렸다. 그래도 팽천룡과 대화를 하다 보니 실마리가 잡혔다.

"아니면, 천신이검이 목적인 건 아닐까?"

"그 검에 대해 알고 있는 건 나와 태림, 그리고 작은 모용소저가 전부이지 않나. 마인들이 그것까지 알고 행동했을까?"

"우리가 교주를 상대할 때, 그 근처에 다른 마인이 있었다고 해도 이상하진 않잖아. 교주의 기에 눌려 그자의 기척을 눈치 못 챘을 수도 있어."

"그것도 한 가지 가능성이군. 이러나저러나 네가 목적이라는 것은 변함이 없는 거 같다."

남궁혁은 침을 삼켰다. 정말 마교가 자신을 노리고 민도영을 납치했다면…….

"위험하다."

"나 아직 아무 말도 안 했어."

"무슨 말을 할지 빤하지. 혈혈단신으로 마교에 쳐들어갈 생각 아니냐."

"뭐야, 현경이 되면 없던 눈치도 생겨? 너 그렇게 눈치 빠른 녀석 아니었잖아."

"나도 주 소저가 그들에게 붙잡혔다면 같은 생각을 했을 테니까."

남궁혁이 씁쓸하게 웃었다. 팽천룡의 말이 맞았다. 남궁혁은 홀로 마교에 잠입할 생각을 하고 있었다.

"개인의 일이라고 생각하지 마라. 너는 이미 맹에, 그리고 정파 무림에 있어 중요한 존재다. 너를 위해서라면 다들 나서 줄 거다."

팽천룡이 정곡을 찔렀다. 자신의 일을 정파 무림 전체로 확대하는 건 폐를 끼친단 생각을 하고 있던 남궁혁은 헛웃음을 흘렸다.

"전략적으로도 괜찮다. 지금 마교의 사기는 뚝 떨어졌을 거고, 반대로 우리 편의 사기는 올랐다. 이럴 때 너를 중심으로 한 별동대가 습격을 꾀하고, 동시에 본대가 밀어붙인다면 큰 효과를 볼 수 있을 거다."

"그도 그러네."

남궁혁이 고개를 끄덕였다.

팽천룡의 말은 일리가 있었다.

남궁혁이 맹에 도움을 청하지 않고 홀로 나서려 했던 건, 민도영의 안위를 걱정해서였다.

정파가 섣불리 마교에 공세를 가한다면 민도영의 목숨이 위험할 수 있으니까.

하지만 팽천룡의 전략대로라면 민도영도 안전하게 구할 수 있고, 마교를 완전히 꺾을 수도 있었다.

남궁혁의 입에 은은한 미소가 걸렸다.

억지로 짓는 웃음이 아니라 제대로 된 미소였다.

그 미소의 이름은 든든함이었다.

남궁혁이 그간 쌓아 왔던 신뢰와 우정이 주는 든든함.

"돌아가서 장문인께 상의 드리도록 하지."

"너 먼저 가. 난 좀만 더 있다가 갈게."

"그러지. 천천히 돌아와라."

팽천룡은 순순히 발을 돌렸다.

아무리 사태를 타개할 수 있는 방안을 떠올렸다고 해도, 아직 마음이 완전히 안정되진 않았을 테니까.

팽천룡은 오히려 남궁혁이 존경스러울 지경이었다.

만약 주아흔이 민도영과 같은 상황에 처했다면, 그는 저렇게 침착할 수 있을까?

방법을 찾기 위해 고민할 수 있을까?

아니다. 자신은 다짜고짜 쳐들어갔을 것이다.

생각조차 안 하고, 당장.

그게 얼마나 위험한 일인지.

일당 천의 무인이라고 해도 적의 근거지에서 사람을 구출한다는 것은 절대 쉬운 일이 아니다.

그 안에 자신과 맞먹는 강자 수십이 도사리고 있고, 그 실력이 가늠조차 안 되는 마신이라는 괴물이 똬리를 틀고 있는 상황에서는 말이다.

팽천룡이 침입했다는 소식이 들리자마자 주아흔은 목이 날아갈지도 모른다.

납치된 자를 구출한다는 건 그만큼 위험천만한 일이었다.

남궁혁의 신중함은 보고 배워야 마땅했다.

팽천룡이 멀리 떠나자 남궁혁은 한숨을 푹 내쉬었다.

그리고 몸을 일으켰다. 절망에 집어삼켜질 뻔했던 눈은 다시 빛나고 있었다.

보다 강한 의지가 서린 채로.

그 순간, 한 자루의 비도가 남궁혁이 서 있는 자리를 향해 빠르게 날아왔다.

남궁혁은 제 자리에서 공중제비를 돌았다. 비도는 그 자리에 박혀 파르르 떨었다.

"웬 놈이냐!"

남궁혁은 버럭 노성을 지르며 비도를 날린 자를 쫓아가려고 했다.

은은한 마기가 느껴졌다.

아까까지만 해도 팽천룡과 함께 있었는데 눈치채지 못했던 걸 보면 은신을 비롯해 실력이 엄청난 놈이었다.

아무리 본대에서 멀리 떨어졌다지만 여긴 정파의 영역인데, 여기까지 기어들어 왔다니.

마침 마교에 대한 분노가 하늘을 찌르는 남궁혁은 당장이라도 그를 잡으러 발을 떼려고 했다.

자신에게 날아온 비도가 어떤 물건인지 알아차리기 전까지.

"설마 이건……!"

남궁혁은 절벽에 박힌 비도를 뽑아 들었다.

손가락 길이밖에 되지 않는 짧은 날.

화려하진 않지만 약간의 장식이 되어 있는 손잡이.

이건 비도가 아니었다. 장도였다.

여인들이 몸을 호신하기 위해 들고 다니는 장도.

세공 실력이 일취월장한 진하가 민도영에게 선물했던 장도였다.

장도의 표면에는 남궁혁이 못 보던 글자가 새겨져 있었다.

단독(單獨).

의미는 분명했다.

남궁혁 혼자 오라는 뜻이었다.

헛웃음이 나왔다. 남궁혁은 웃었다.

이 심각한 상황에서 웃었다.

웃음밖에 나오지 않았다.

마교, 정말 대단한 녀석들이다.

민도영을 납치해 간 정확한 저의가 남궁혁을 노리는 것인지 천신이검을 노리는 것인지 아직 확실치 않았다.

하지만 그 둘 중 하나를 노리고 있는 것임은 이제 분명했다.

그 어느 쪽이든 반드시 남궁혁이 올 것을 알고 민도영을 납치한 것이다.

남궁혁은 흐린 밤하늘을 바라보았다.

그들이 노리는 것이 남궁혁 개인이라면, 고민할 것 없다. 그냥 가면 된다.

하지만 천신이검이라면?

민도영의 목숨과 천신이검을 맞바꿀 수 있을까?

민도영이 남궁혁의 빛이라면, 천신이검은 정파의 빛이다. 마함천을 물리치게 해 준 엄청난 검이다.

"머리 아프네."

남궁혁은 허리에 찬 천신이검을 뽑아 들었다.

남궁혁의 복잡한 속을 아는지 모르는지, 천신이검은 평범한 검처럼 조용히 잠들어 있을 뿐이었다.

천신이검을 두고 가는 선택지는 어차피 없었다.

이 검이 없다면 남궁혁은 민도영을 구하지도 못한 채 마인들에게 붙들릴 것이다.

민도영을 구하기 위해서는 반드시 천신이검을 들고 가야 했다.

무림맹의 고수들과 함께할 수 있다면 천신이검이 마인들의 힘을 약화시키는 효과도 더욱 빛을 발할 텐데.

그러지 못하는 게 아쉬울 뿐이었다.

놈들은 남궁혁에게 혼자 올 것을 요구했다.

남궁혁이 다른 이와 함께하는 모습이 보인다면 지체 없이 민도영을 죽일 수 있었다.

놈들의 손속에 대해서라면 남궁혁은 그 누구보다 잘 알았다.

밤하늘의 별들은 남궁혁의 고민에도 아랑곳 않고 은은한 빛을 뿌렸다.

계절이 바뀌어 가며 자리를 옮기는 별들이 분주하게 움직였다.

어느새 해가 진 것이다.

어두운 하늘을 향해 남궁혁이 고개를 들었다.

시간이 언제 이렇게 흘렀을까.

'가자.'

남궁혁은 발을 떼었다.

그의 신형이 화산의 절벽을 타고 빠르게 미끄러졌다.

결코 짧지 않은 시간 동안 고민에 고민을 거듭했다.

결론은 하나였다.

민도영을 구한다.

위험할 것이다. 마교는 함정도 준비해 뒀을 것이다.

남궁혁이 목적이든, 천신이검이 목적이든지 말이다.

하지만 그 외의 선택지는 없었다.

대의를 마냥 저버린 것은 아니었다.

남궁혁은 성공할 생각이었다.

민도영도 구하고, 천신이검도 무사히 챙겨 맹의 근거지로 돌아오는 것이다.

물론 남궁혁도 무사히 말이다.

그렇지 않으면 의미가 없었다.

천신이검을 잃어도, 민도영을 잃어도, 남궁혁이 죽어도 말이다.

모든 것이 무사해야 최선이었다.

힘든 길이지만, 그게 아니라면 전부를 잃는 것이나 마찬가지였다.

남궁혁은 은태림에게 들었던 마교의 근거지를 찾아 달렸다.

이 주변의 지리는 남궁혁도 잘 알고 있었다.

소화산.

일전에 기린대와 기린표국이 근거지로 삼기 위해 활약했던 곳 부근이었다.

이 근처에서 마교가 근거지로 삼을 만한 장원은 정해져 있었다.

남궁혁은 한 시진을 꼬박 달렸다.

소화산의 줄기를 타고 마인들의 경계를 피해 높은 봉우리에 오르자 주변 일대가 한눈에 들어왔다.

그중에 남궁혁이 마교의 근거지로 추측한 장원이 눈에 들어왔다.

삼 백 칸이 넘는 거대한 넓이.

아마도 저 안에 민도영이 있을 것이다.

그게 아니라면 이 주변 어딘가에 있을까.

남궁혁은 낮게 한숨을 쉬었다.

어디에 있는지 확실히 알아야 큰 소요 없이 민도영을 데려올 수 있을 텐데.

혼자 떠나더라도 은태림과 상의해 보고 올 걸 그랬나 후회가 앞섰다.

하지만 자신이 지체하면 안 될 것 같은 느낌이 있어서 어쩔 수 없었다.

놈들은 무영이 자신에게 민도영 납치에 대한 일을 전할 것을 알았으리라.

그런데 굳이 글자까지 새긴 장도를 던지고 갔다.

혼자 오라는 얘기를 전할 거라면 다른 방법으로도 얼마든지 가능하다.

그런데 굳이, 민도영의 물건을 썼다.

그것도 목숨을 뜻하는 장도다.

서두르라는 뜻이 아니고 뭐겠는가.

『남문 쪽은 꿈도 꾸지 마. 고수들이 진을 치고 있어.』

인기척과 함께 익숙한 전음이 들려왔다.

적의가 느껴지지 않아서 마교를 염탐하던 맹의 정보원인가 했다.

남궁혁이 고개를 돌리자 그곳에는 한 명의 자그마한 백의인, 모용청연이 서 있었다.

여기서 만날 거라곤 생각하지 못했는데.

『여기서 볼 줄은 몰랐어. 몸은 좀 괜찮아?』

『괜찮아. 나야말로, 네가 여기 있을 줄이야…….』

남궁혁은 자리에서 일어나 모용청연 쪽으로 다가갔다. 그리고 그녀를 한 번 얼싸안았다.

『너도 무사한 거 같아서 다행이다.』

『당연하지. 네 검을 받기 전까진 난 안 죽을 거야. 그런

데, 여긴 웬일이야?』

『찾아올 게 좀 있어서.』

팽천룡에게 민도영과의 인연까지 구구절절 설명했던 것과 달리, 모용청연에게는 민도영이 납치되었다는 말 한 마디면 족했다.

감정적이 되는 건 한 번이면 충분했다.

또 모용청연은 그만큼 남궁혁에 대해 많은 걸 알고 있었으니까.

『그러는 너는 여기 웬일이야?』

『나도. 우리 언니가 여기 있거든.』

모용청연의 설명도 간결했다.

남궁혁은 모용청경이 사라졌던 그때 그곳에 있었다. 그러니 더 말이 필요 없을 수밖에.

『너 혼자야? 모용가 사람들은 어쩌고?』

『다수가 움직이면 이목을 끌어서. 사람 하나 빼 올 때는 최소한만 움직여야지.』

『그건 맞는 말이지. 하지만 너 혼자 마교 본거지를 돌아다니는 건 힘들 텐데.』

『다 방법이 있지.』

모용청연은 품 안에서 작은 약병을 꺼냈다. 약 뚜껑을 열자 지독한 냄새가 풍겼다.

『그건 뭐야?』

『모용가가 마교와 손을 잡았던 게 아주 쓸모없진 않았다는 증거?』

모용청연이 남궁혁에게 약병을 내밀었다.

『한 모금만 마셔. 저 안에 몰래 들어가는 데 도움이 될 거야.』

남궁혁은 그 병을 받아 들고 한 모금을 마셨다.

이 세상의 것이 아닌 것 같은 악취와 썩은 물 같은 맛에 저절로 인상이 찌푸려졌다.

『우웩, 이게 대체 뭐야?』

『이제 두 시진 동안 마인들이 네게서 정파의 기를 느끼지 못할 거야. 간단하게 말해서 네게서 마기가 느껴진다고나 할까.』

『뭐?』

『마교로부터 배운 비술 중 하나야. 그들이 정파에 잠입할 때, 아무도 그들의 마기를 눈치 채지 못했잖아? 정파의 기처럼 느껴지게 하는 약을 쓴 거지. 재료만 약간 바꾼 거야.』

세상에. 듣도 보도 못한 약효였다.

남궁혁은 그 안에 들어가는 재료가 뭔지 궁금했지만 묻지 않았다.

왠지 좋은 재료는 아닐 거 같았다.

어쨌든 지금 상황에서 큰 도움이 되는 약임은 분명했다.

모용청연을 만나지 않았으면 어쩔 뻔했는지.

『지난번에 들어갔을 땐 언니를 찾다가 약효가 다해서 곤란할 뻔했어.』

『청경 누님이 어디 갇혀 있는지 알아?』

『응. 장원 서북쪽의 별채야. 민 총관도 거기 갇혀 있을 가능성이 높아. 엊그제 그쪽으로 못 보던 사람들이 들어갔거든.』

모용청연은 바닥에 간단하게 장원의 약도를 그렸다.

그리고 그 안에 들어가는 샛길과 나올 때 유리한 방향까지 전부 알려 주었다.

『와…… 너 못 만났으면 큰일 날 뻔했네.』

남궁혁은 그 지도를 머릿속에 담으며 말했다.

모용청경의 위치를 파악하고 탈출로를 확보하기 위해 그녀는 몇 번이고 장원을 들락거렸다고 했다.

장원의 구조야 평범한 일반인의 장원이니 기관진식이나 진법 같은 게 펼쳐져 있진 않지만, 어떤 고수가 어디에 있고 마인들 자체적으로 어떤 진법을 통해 장원을 지키고 있는지 먼저 안다는 건 큰 수확이었다.

『고생해서 안 건데 이걸 나한테 다 알려 줘도 괜찮아?』

『무슨 소리야, 당연하지. 함께 갈 건데.』

『그치만 마교에서는 나 혼자 오라고—』

『바보야. 너 혼자 가면 위험할 게 빤한데 털레털레 혼자 가겠다고?』

『그건 그렇지만…….』

모용청연이 한숨을 푹 내쉬었다.

하여간 남궁혁 이 바보는 너무 사람이 정직해서 탈이었다.

세가를 운영하고 마교를 상대하면서 나름 잔꾀가 늘긴 했지만, 사람은 중대한 일이 눈앞에 닥칠수록 그 본연의 모습이 나오는 법.

그것이 남궁혁의 매력이긴 했지만 지금은 아니었다.

『걱정 마. 나는 민 총관을 구하러 가는 게 아니잖아. 내 목적은 어디까지나 언니야. 민 총관은 보이면 구하겠지만, 그게 아니라면 부수적인 목표일 뿐이고. 얼마 전에 언니를 구하려다가 들켜서 도망쳤으니까, 너와 내가 함께 온 거라고 생각하진 않을 거야.』

"……가능성 있는 얘기네."

남궁혁은 불안을 덜었다.

그녀가 이미 모용청경을 구하려고 기회를 엿보는 이라 인식이 됐다면, 그녀의 말대로 남궁혁과 같이 온 게 아니라고 생각할지도 몰랐다.

『그보다 중요한 건 말이야, 저 안에 괴물이 있어.』

『괴물?』

『교주 말이야. 원래 마교 소교주였던, 이제 교주가 된 마헌이라는 자. 인간이 아니야.』

『대체 얼마나 강하기에?』

남궁혁은 의아했다. 마함천의 앞에서도 망설이지 않았던 모용청연이 아닌가.

그런 그녀가 괴물이라고 지칭할 정도로 무시무시한 실력자가 있다고?

『우리가 상대했던 교주와는 비교가 안 돼. 정파 전체가 달려들어도 어려울지 몰라. 나도 저번에 그자가 나서지 않아서 겨우 도망쳤어. 하지만 그자에게 걸린다면…… 구하는 것은 고사하고 우리 목숨을 건지는 것도 어려울지 몰라.』

모용청연의 비장한 목소리에 남궁혁도 침을 삼켰다.

모용청연은 가식이 없다. 지금 그녀가 말하는 것은 모용청연이 느낀 그대로의 감상이다.

『마신 재림이 성공했다니 마신 그 자체가 됐을 수도 있겠네.』

『그럴지도.』

두 사람의 얼굴에 긴장이 서렸다. 하지만 두 사람 중 누구도 그 이유 때문에 포기할 생각은 전혀 없었다.

『그 검은 가져왔지?』

『응.』

『다행이다. 그게 있으면 녀석을 만나도 상대할 만할 거야.』

『그럼 가 볼까?』

『가자.』

길을 알고 있는 모용청연이 먼저 몸을 날렸다. 남궁혁은 그 뒤를 뒤따랐다.

*   *   *

팽천룡은 순식간에 아까 남궁혁과 대화를 나눴던 계곡에 도착했다.

하지만 아무리 주위를 살펴도 남궁혁의 기척은 느껴지지 않았다.

"있어—?"

멀리서 은태림의 목소리가 들려왔다.

얼마 지나지 않아 그 또한 계곡에 도착했다.

그러곤 팽천룡의 얼굴을 보곤 한숨을 푹 내쉬었다.

"여기도 없는 거야? 혁이 이 녀석, 대체 어딜 간 거야?"

"혼자 떠났을지도 모르겠다. 우리에게 폐를 끼친다고 생각했었으니까."

"혼자서? 말도 안 돼. 열심히 장문인께 허락을 받아 냈더니, 지 멋대로 혼자 가 버려?"

은태림이 짜증스럽게 내뱉었다.

팽천룡은 맹으로 돌아가자마자 은태림에게 이 문제를 상의했다.

은태림은 구걸과 함께 장문인을 찾아갔고, 남궁혁이 처한 상황과 이를 기회로 활용할 수 있는 방안에 대해 논의했다.

한 시진도 되지 않아서 맹 전체가 남궁혁을 돕기로 결정했다.

단순히 민도영을 구출하는 것을 떠나서, 팽천룡이 구상하고 은태림이 세부를 짠 계획이 큰 효과를 볼 거라고 생각한 결과였다.

그렇게 결정이 날 때까지도 남궁혁이 돌아오지 않자, 팽천룡과 은태림이 직접 그를 찾으러 온 것이다.

그리고 남궁혁은 여기에 없었다.

팽천룡은 눈을 감고 주변을 살폈다. 역시나 남궁혁의 기척은 느껴지지 않았다.

"어떡하지? 혼자는 절대적으로 위험해."

"따라가야지."

"본대는 어쩌고? 우리가 혁이를 찾아오기만 기다리고 있을 텐데?"

"네가 가서 알려라. 나 혼자 가겠다."

"웃기는 소리 하지 마. 나 없이 네가 거기까지 잘 찾아갈 수 있을 거 같아?"

은태림의 말에 팽천룡이 한숨을 쉬었다. 그의 말이 옳은 탓이었다.

은태림은 팽천룡을 구박하고선 품 안에서 연락용 신호탄을 꺼냈다.

그가 맡은 정보 부대가 사용하는 신호탄이었다.

은태림은 상황을 전하기 위해 세 개의 신호탄을 꺼내 위로 쏘았다. 펑! 펑펑! 요란한 소리와 함께 붉은빛, 파란빛, 녹색 빛이 하늘을 수놓았다.

"정보부가 이걸 보면 우리가 혁이를 찾아서 마교 근거지로 간다는 걸 알 거야. 장문인께서 그에 맞춰 움직이시겠지."

"좋다. 서두르자."

은태림이 쏜 신호탄의 빛이 사라질 즈음, 두 사람의 신형도 새벽녘 안개 속으로 사라졌다.

* * *

민도영은 어두컴컴한 방 안에서 눈을 떴다. 그러곤 천천히 숨을 고르며 상황을 파악하려고 애를 썼다.

납치당한 사람답지 않은 차분한 모습이었다.

주변을 밝히는 작은 호롱불의 빛에 의지해 민도영은 조심조심 방 안을 둘러보았다.

꽤 넓고, 좋은 방이었다.

규방 규수의 방 같다고나 할까.

확실한 건 남궁장인가의 방은 아니라는 거였다.

그녀는 남궁장인가의 모든 건물 건설을 감독했기 때문에 방의 구조들은 전부 꿰고 있었다.

남궁장인가가 아니라면, 여긴 어디인가.

그녀는 주변에 인기척이 없음을 확인하고 조심스럽게 몸을 일으켰다. 민도영의 평소 성격을 감안해도 지나치게 침착한 태도였다.

사실 그녀는 언젠가 이런 상황이 닥칠 거라고 예상했다.

남궁장인가가 성장해 가고, 남궁혁과 마음을 통한 정인이 되면서 말이다.

남궁장인가는 기본적으로 무력 집단이다.

마교와의 전쟁이 아니더라도 언제든 주변 문파와 갈등이

생길 수 있었다.

정파인들은 의와 협을 중시하고 납치 같은 비열한 수를 쓰지 않는다고들 하지만, 그렇지 않은 경우를 민도영은 수없이 알았다.

남궁장인가를 운영하면서 알게 된 사실들이었다.

그런 일들은 주로 중소문파에서 많이 일어났다.

이제 대 세가의 반열에 들어선 남궁장인가의 총관을 납치할 간 큰 놈들이 있겠냐마는, 민도영은 언제나 그럴 수 있다는 생각을 마음 한편에 두고 살았다.

자신이 거칠 것 없는 남궁혁의 발목을 잡을 약점이 될 수 있다고 생각했으니까.

그리고 마교가 나섰다.

민도영은 본능적으로 자신을 납치한 것이 남궁혁을 겨냥한 것이라 느꼈다.

남궁혁은 마교에 큰 위협이었으니까. 복수 차원일 수도 있었다.

반대로 안도가 되기도 했다.

남궁혁을 노린다는 건, 곧 남궁혁이 무사히 잘 살아 있다는 뜻이니까.

마교가 이런 수를 써야 할 정도로 활약하고 있다는 뜻이니까.

그간 남궁혁의 생사를 몰라 전전긍긍하던 걸 생각하면 기쁘기 짝이 없는 일이다.

민도영은 부드럽게 미소를 짓고는 품 안에 손을 넣었다.

일전에 진하가 선물해 준 장도를 꺼내기 위해서였다.

남궁혁의 약점이 될 수는 없다.

그에게 폐를 끼치느니 차라리 자진하는 것이 나았다.

그녀도 죽는 건 무서웠다. 아플까 두려웠다.

하지만 자신 때문에 남궁혁이 곤경을 겪는다면 그것이 더욱 큰 고통일 터.

"……!"

하지만 아무리 품 안을 뒤져도 장도가 없었다.

옷 안쪽에 끈까지 달아서 매달아 둔 것이니 오면서 떨어졌을 리도 없다.

그렇다면 민도영을 납치한 놈들이 가져갔다는 뜻이었다.

자결을 금하기 위해서든, 반항을 막기 위해서든.

민도영은 소리 없이 착잡한 한숨을 내쉬었다.

자결마저 할 수 없다니. 자신의 무력함에 구역질이 목 끝까지 차올랐다.

마인들은 민도영을 결박하지도 않았다.

혈을 제압하지도 않았다.

무공을 익히지 않은 그녀에겐 그럴 필요조차 없다는 뜻

이었다.

조금이라도 무공을 배워 두는 게 좋았을까.

환경은 좋았다.

남궁혁은 남궁세가가 내준, 여인들을 위한 무공도 따로 갖고 있었다.

남궁혁에게 지도를 받았다면 상당한 실력이 됐을지도 모른다.

그렇게 수련했다고 해도 마인들의 소굴에서 벗어날 수는 없었겠지만.

민도영은 자리에서 일어났다.

탈출이나 자결을 못한다고 해서 아무것도 안 하고 앉아 있을 수는 없었다.

그때 촛불이 꺼졌다. 기름이 다 닳은 모양이었다.

방 안엔 깜깜한 어둠이 가라앉았다.

창문도 다 막혀 있어서 달빛 하나 들어오지 않았다.

민도영은 손으로 벽을 더듬어 가며 방 안을 파악했다.

창문은 다 막혀 있고 문도 대부분 판자로 박아 열 수 없게 만들어져 있었지만, 이상하게 어떤 문 하나는 열 수 있었다.

민도영은 조심스럽게 그 문을 열었다.

다른 방과 연결되는 문인 모양이었다.

이 방도 불은 켜져 있지 않았다. 그녀는 살금살금, 발소리를 내지 않으려 노력하며 벽을 짚고 걸었다.

그때 뭔가가 그녀의 발에 걸렸다.

"앗—!"

민도영은 바닥에 우당탕 넘어졌다.

비명 소리를 막지 못했지만 바닥을 구르는 소리가 더 컸으니 막아 봤자 소용도 없었으리라.

바닥에 부딪쳐 아픈 것도 잊고, 그녀는 주변을 살폈다.

누군가 자신이 넘어지는 소리를 듣고 달려올지도 모르니까.

그녀가 깨서 돌아다니고 있다는 걸 알면 이번에는 그녀를 결박하거나 혈도를 제압할지도 몰랐다.

아니면 끔찍한 일을 당할 수도 있었다.

하지만 이쪽으로 다가오는 걸음소리는 들리지 않았다.

대신 근처에서 누군가가 입을 열었다.

"으으음……."

"누구, 누구십니까?"

민도영은 잔뜩 경계한 채, 신음을 흘리는 상대의 정체를 물었다.

민도영이 걸려 넘어진 게 사람인 모양이었다. 여린 목소리로 봐 상대는 여자였다.

그녀도 민도영처럼 납치당한 사람인 걸까?

잠시 침묵이 이어지고, 어둠 속의 여인이 입을 열었다.

"그, 그자는?"

"그자라니. 누굴 말하는 겁니까? 여긴 저와 당신뿐입니다."

민도영은 여인의 목소리에서 상당한 두려움과 고통을 읽었다.

여기 와서 심한 고초를 당한 것이 분명했다.

하지만 민도영의 적의 없는 목소리, 그리고 '그자'가 없다는 것을 확인한 후 여인의 목소리는 조금 달라졌다.

"아직 시간이 되지 않았구나……."

여인의 목소리에서는 안도가 느껴졌다. 민도영은 경계를 늦추지 않고 물었다.

"당신도 여기 갇혀 있는 겁니까? 여긴 어디죠?"

"여긴 마교 소교주의 처소에요. 처소라고 부르긴 웃기지만. 어쨌든 수시로 여기 들르니까요. 여기 갇혀 계신 걸 보니, 당신 또한 정파의 사람이신가요?"

민도영은 약간 마음을 놓았다. 상대도 정파의 인물인 모양이었다. 그렇다면 정체를 밝혀도 괜찮을 거 같았다.

"저는 남궁장인가의 민도영이라고 합니다."

"남궁장인가의 민도영이라면…… 혁이의 총관이라는 그?"

"소가주님을 아십니까?"

어둠 속에서 서로 얼굴도 보지 못한 채 바쁘게 질문이 오고 갔다.

여인은 남궁혁을 아는 사람이었다.

그것도 그를 '혁이'라 부를 정도로 친분이 있는 사람.

대체 누굴까. 민도영의 의문은 곧 풀렸다.

"나는 모용청경이에요. 다른 정파인이었다면 이름을 밝히길 꺼려했겠지만 혁이의 사람이니……."

"큰 모용소저셨군요……!"

민도영이 반색했다.

두 사람은 안면은 없었다.

모용 자매가 남궁장인가를 방문했던 건, 세가가 남궁장인가라는 이름을 갖기도 전.

민도영은 부모의 밑에서 학문을 갈고닦던 시절이었다.

하지만 두 사람은 여러 문서를 통해 서로를 알고 있었다.

민도영은 남궁장인가의 총관이었고, 모용청경은 사실상 모용가의 안주인 노릇을 하고 있었으니까.

새해며 춘절 등 편지로 인사를 나눌 때마다 두 사람은 서로가 보낸 서찰을 읽곤 했다.

아무리 한 다리 건너 아는 사이라고는 해도 거리감이 크지 않은 것이다.

모용세가가 마교와 손을 잡았고, 그 주축에 모용청경이 있었다고 해도 그랬다.

남궁혁은 민도영에게 종종 모용가의 일을 털어놓곤 했다.

남궁혁은 특히 모용청경의 일을 무척 안타까워했다.

남궁혁 또한 힘없는 자의 설움을 누구보다 잘 아는 이였기에 그는 모용청경의 선택을 참으로 슬퍼했다.

자신이 조금만 더 모용 자매에게 신경을 썼더라면, 아무리 세가 일로 바빠도 찾아가서 얘기를 나눴더라면 그런 일이 벌어지지는 않지 않았을까 하고.

그런 얘기를 들어 왔으니 민도영도 모용청경을 마냥 나쁘게 볼 수가 없었다.

두 사람은 이런저런 얘기를 나눴다.

민도영은 자신이 납치되었고, 아무래도 남궁혁을 노린 것 같다는 얘기를, 모용청경은 마교로 납치되어 온 후 자신이 겪었던 끔찍한 일들에 대해 말했다.

모용청경이 마헌의 아이를 배고, 마교 교주의 핏줄을 제거하려던 게 오히려 마신 재림의 제물을 바친 꼴이 됐다는 얘기에 이르자 민도영은 눈물을 주륵 흘렸다.

너무나 끔찍한 일이었다.

마헌의 강간에도 꺾이지 않았던 모용청경의 의지가 더한 참사를 불렀다.

얼마나 괴로울까.

정작 그 모든 얘기를 전하는 모용청경은 덤덤하기만 했다.

"……지금도 그는 며칠에 한 번 나를 찾아와 나를 강제로 안죠. 반항이 너무 심하니까 늘 약을 먹여서 정신을 혼미하게 만들어요. 그래서 이 시간엔 늘 잠들어 있죠."

"하지만 지금은 괜찮으시잖습니까."

"계속 당할 수만은 없잖아요. 약을 먹는 척하고 뱉어 버렸어요. 그리고 약에 취한 척을 했죠. 기회를 노리려면 정신을 차려야 하니까."

민도영은 탄식했다.

그렇게 험한 일을 연달아 겪고도 모용가의 딸은 의지를 다잡았다.

그 말인즉, 맨 정신으로 간음을 당했다는 뜻이 아닌가.

약에 취한 채 당해도 정신이 들면 괴로울 텐데, 기회를 엿보기 위해서 그 비참한 일을 견뎌 내다니.

"실은 얼마 전, 탈출에 성공할 뻔했어요. 동생이 구하러 왔거든요."

"작은 모용 소저가 말입니까?"

"맞아요. 착한 애죠. 정파인으로서의 긍지를 도매금에 팔아넘긴 나를 구하러 와 주다니."

모용청경이 옅은 미소를 지었다.

모용청연에게는 고맙고, 또한 미안했다.

자신을 구하려고 하는 것뿐 아니라, 자신은 포기해 버린 의와 협을 모용청연은 포기하지 않아서.

모용가의 기치를 붙잡고 놓지 않아서 고마웠다.

모용의 무공을 쓰는 것 같은 백의의 별동대들이 전선 여기저기에서 암약하고 있다는 정보를 엿들을 때마다 그녀의 마음에서 얼마나 큰 용기가 솟아났는지.

탈출하려고 노력했던 것도 다 모용청연의 의지 때문이었다.

자신이 여기 있는 것은 그녀에게 약점이 된다.

모용청연이 그녀를 구하러 뛰어들며 위험을 무릅쓰다가 다치고 도망치지 않았던가.

비록 주요 혈도 일부를 점혈 당하는 바람에 내공도 쓸 수 없고, 자신의 목을 조를 수도 없을 정도로 온몸에 힘이 없었지만 그래도 뭔가를 하려는 의지만큼은 파르라니 빛나고 있었다.

그런 점에서 두 사람은 같았다. 그 사실이 서로에게 더욱 위안이 되었다

"어쩌면 둘이 같이 올지도 모르겠네요."

"소가주와 작은 모용 소저가 말입니까?"

"둘은 좋은 단짝이니까요. 사천에서도 그랬고, 요녕에서

도 그랬죠. 둘이 힘을 합하면 둘 이상의 힘이 나오나 봐요. 신기한 일이죠."

남궁혁도 비슷한 말을 한 적이 있었다.

정인 앞에서 다른 여인에 대한 말을 꺼내는 건 질투를 살 수 있으니 가급적 말을 아끼긴 했지만.

허나 그 두 사람에 대해서 민도영이 느끼는 것은 질투보다는 부러움이었다. 그런 마음이 잘 맞는 친구를 만난다는 것이 어디 쉬운 일이던가.

또한 든든하기도 했다.

그 두 사람이 함께 자신과 모용청경을 구하러 온다면, 남궁혁이 혼자 오는 것보다는 덜 위험하지 않겠는가.

부디 두 사람이 같이 오기를 바랄 뿐이었다.

"너무 걱정하지 말아요. 혁이라면 반드시 당신을 구하러 올 거예요."

"저도 소가주를 믿습니다. 큰 모용 소저께서 작은 모용 소저를 믿듯이 말입니다."

두 여인은 부드럽게 미소 지었다.

그래도 둘이여서 다행이었다.

서로가 없었다면 혼자 감당해야 했을 두려움도 둘이 함께이니 나눌 수 있었다.

모용청경은 그간 혼자였다.

마교에 온 이후부터 그녀는 이런 얘기를 털어놓을 사람
도, 힘듦을 나눌 사람도 없었다.

그저 오롯이 자신의 의지와 모용청연에 대한 믿음으로
버텨 오고 있을 뿐이었다.

그런 그녀의 앞에 나타난 민도영은 위안이자 의지의 대
상이었다.

"사실 난 청연이가 오지 않았으면 좋겠어요. 위험하잖아
요. 난 이제 무공도 거의 쓸 수 없는 폐인인데. 날 구해 봤
자 무슨 쓸모가 있겠어요."

"같은 생각입니다."

이런 부분에서 또 마음이 맞았다.

두 여인은 또 웃었다.

약간 허탈함이 섞인 웃음이긴 했지만 그래도 긴장을 푸
는 데는 도움이 되었다.

두 사람은 그렇게 바깥의 동태에 귀를 기울이며, 서로를
의지했다.

남궁혁과 모용청연이 오기를 바라고, 또 오지 않기를 바
라면서.

第四章
거절할 수 없는 제안

　남궁혁과 모용청연은 조심스럽게 마교의 근거지로 잠입했다.

　가장 먼저 한 일은, 마을 주변부를 경비하던 마인 둘을 제압하는 것이었다.

　실력이 그렇게 뛰어나지 않았기에 두 사람은 솜씨 좋게 마인들을 제압하고 그들의 옷을 벗겼다.

　그리고 그들의 옷으로 갈아입자, 남궁혁과 모용청연은 영락없는 마인처럼 보였다.

　마교의 무복은 중원의 무복과는 달라서 딱 봐도 티가 났다.

그중 제일 두드러지는 것이 바로 입가를 가리는 복면이었다.

사막이나 다름없는 화염산에서 살아가려면 이런 옷이 필수였으니까.

그 덕분에 남궁혁과 모용청연의 얼굴은 쉽게 분간할 수 없게 되었다.

마인들은 보이지 않는 곳에 처리하고, 두 사람은 조심스럽게 마교의 마을로 발을 디뎠다.

『살벌하네.』

『교주가 죽었잖아. 사기가 떨어진 건 둘째치고서라도, 날이 서 있는 건 당연하지. 게다가 소교주가 교주 자리에 오르면서 한바탕 마인들을 뒤흔들었거든.』

마교의 동태를 쭉 살펴 온 모용청연다웠다.

그녀는 남궁혁에게 그가 모르는 사실들을 일러 주며 태연하게 걸었다.

그들이 굳이 기척을 숨겨 잠입하지 않고, 이처럼 대놓고 들어가는 데는 이유가 있었다.

모용청연이 이미 한 번 침투했던 탓이었다.

마교는 당연히 잠입을 경계할 것이다.

그냥 쳐들어가는 거라면 모를까, 두 사람이나 구해 와야 하는데 굳이 마교의 경계심을 강화할 필요가 있을까?

두 사람을 구하고 안전히 탈출하는 경로까지 확인하려면 이쪽이 훨씬 나았다.

남궁혁과 모용청연의 실력에 마교의 흔적을 묻히는 작업까지 마치고 왔지만 두 사람은 신중을 아끼지 않았다.

『소교주라는 사람은 어떤 사람이야?』

혹시라도 정파에 잠입했던 마인이 두 사람의 목소리를 알아채기라도 할까 봐 모든 대화는 전음으로 나눴다.

남궁혁은 모용청연이 말했던, 그녀가 '괴물'이자 '사람이 아니다'라고까지 말한 그 소교주에 대해 물었다.

이전 삶의 기억에도 그에 대한 정보는 거의 없었다.

그땐 교주가 정정했고, 소교주를 비롯한 교주의 제자들은 휘하의 각 부대를 담당했었다.

무림맹으로 쳐들어온 것은 교주의 본대였다.

그러니 남궁혁에게 소교주 이하 제자들에 대한 기억은 없을 수밖에.

아는 것이라곤 풍문처럼 들려오는 몇 가지 얘기뿐이었다.

마교의 소교주답지 않다, 마치 학자 같다.

성격이 너무 부드러워 유약하게 느껴질 정도이나, 그 실력은 만만히 볼 수 없다.

몇 번인가 협상을 위해 마교와 무림맹을 오고 갔던 사절들의 입에서 나온 말이었다.

그들의 말과 모용청연의 말에는 너무나 먼 거리가 있었다.

물론 그 실력은 진짜배기였다. 이전 삶에서 정파 최고수였던 팽천룡이 그에게 죽임을 당했으니까.

『나도 많이는 몰라. 마교와 손을 잡았을 때도 소교주에 대해서 들은 게 많지 않아서. 성정이 부드럽고 유하다는 얘기만 들었어. 실력은 진짜지만 말이야. 그 성격 때문에 마교 내에서는 논란이 좀 있었대. 차기 후계자가 저렇게 유순해서 어쩌냐고 말이야. 소교주가 성인이 되고 자리를 잡으면 밑의 사제들은 얌전해지는 게 일반적인데, 이공자 삼공자들이 그렇게 난리였다더라고. 소교주가 별달리 대응도 안 하니까 만만하게 본 거지.』

『이름이 마헌이랬나? 지금 네 말만 들어서는 괴물이라든가 사람 같지 않다든가 하는 건 잘 모르겠는데. 실력을 떠나서 말이야.』

『변한 거지.』

모용청연은 그렇게 말하고 홀쩍 앞서 나갔다. 남궁혁도 그 뒤를 따랐다.

두 사람은 목적하고 있는 장원 주변을 빙글빙글 돌면서 경비 무사들의 배치와 탈출로 등을 모색했다.

그러고는 장원의 옆문으로 슬쩍 들어갔다.

문지기가 그들의 위아래를 쓱 훑을 때 남궁혁은 살짝 긴장했다.

지금부터 소요가 일어나면 민도영을 구하는 것은 어려워질 테니까.

"이봐, 못 보던 얼굴—"

문지기가 입을 열자 모용청연이 자신의 팔을 문지기의 앞으로 펼쳤다.

그녀의 손등에는 붉은 문양이 그려져 있었다. 그러자 문지기의 태도가 급변했다.

"못 알아봐서 죄송합니다. 어서 들어가십시오."

문지기는 허리를 꾸벅 굽혀 가며 모용청연에게 극상의 예를 취했다.

남궁혁은 갑작스러운 상황 전환에 놀라면서도 티를 내지 않고 모용청연의 뒤를 따랐다.

『아까 그건 뭐야?』

문에서 한참을 지나온 후 남궁혁이 물었다.

『마교 교주를 보필하는 최상위 무력부대, 천마대를 상징하는 문양이야. 이거 하나면 마교에선 모든 문이 무사 통과지.』

『그런 게 있으면 나도 좀 그려 주지 그랬어?』

급하게 온 것이니 어쩔 수 없었다는 걸 알면서도 남궁혁은 장난스럽게 투덜거렸다.

동시에 놀라기도 했다. 모용청연에게 저런 한 수가 있었다니.

역시 몇 날 며칠이고 마교를 염탐하던 그녀다웠다.

장원 안에 들어온 후, 모용청연은 딱히 정해진 곳으로 가는 게 아닌 듯 이리저리 발을 옮겼다.

남궁혁은 조용히 따라다녔다. 마음은 조급했지만, 모용청연에게 뭔가 생각이 있으리라.

과연, 그녀는 구수한 냄새가 풍겨 오는 한 건물 근처에서 발을 멈췄다.

음식을 준비하는 부엌이었다.

마을에서 차출된 것으로 보이는 이들이 마인들의 감시를 받으며 분주하게 돌아다녔다.

"별채에 올릴 음식이 다 됐습니다요."

"갇혀 있는 여인은 둘인데, 어째서 약은 하나지? 어젯밤 별채에 들어온 여인이 하나 더 있다고 일렀는데."

마인이 쟁반에 준비된 식사와 약그릇을 보곤 눈에 쌍심지를 켜며 물었다.

음식을 준비한 여인은 벌벌 떨면서도 질문에 대해 답을 했다.

"그, 그게, 의원 나으리께서 한 여인은 굳이 약을 먹일 필요가 없다고 하셔서……."

"그런가? 좋다. 들이도록."

마인의 허락이 떨어지자 다른 마인들이 쟁반을 들었다.

여인들은 안으로 들어가지 못하는 모양이었다.

『들었지? 두 명이래. 그중 한 명은 어젯밤에 들어왔고.』

『그래. 가자.』

그들이 여기 있던 건 민도영이 어디 있는지 정확히 파악하기 위해서였다.

동시에 모용청경의 위치가 변하지는 않았나 확인하는 과정이기도 했다.

지난번 침입에도 모용청경은 여전히 별채에 머무르고 있는 모양이었다.

두 사람이 담벼락 너머로 신형을 날렸다.

두 화경의 무인이 기척을 숨기고 바람에 젖어 몸을 날리자, 담 주변을 지키던 마인들은 갑자기 불어온 바람에 주변을 살폈다가 아무도 없자 경계를 늦췄다.

그 사이 두 사람은 어느새 첩첩이 담으로 싸인 별채 안으로 들어서고 있었다.

『멈춰.』

남궁혁이 앞서 나가던 모용청연의 어깨를 붙잡았다.

모용청연이 왜 그러느냐는 듯 남궁혁을 돌아보았다.

그들이 멈춰 선 곳은 별채의 뒤에 마련된 작은 정원이었다.

주변에는 아무것도 없었다.

철을 모르고 우는 연못의 개구리와 풀벌레들만이 요란한 소리를 낼 뿐이었다.

『뭔가 있어.』

남궁혁은 주변을 둘러보았다. 손은 천신이검으로 향했다.

남궁혁의 말에 모용청연도 긴장했다. 그녀의 손에도 작은 세검이 들렸다.

둘은 서로 등을 맞대고 주변을 경계했다.

"왜 경계를 하는 거지?"

누군가의 목소리가 들려왔다.

남궁혁은 처음 듣는 목소리였지만, 모용청연은 그자의 정체를 아는 듯했다.

『젠장, 들킨 것 같아.』

『누군데?』

『천마대 대주. 교주를 근거리에서 보필하는 녀석이야. 저번에 저 녀석이 붙는 바람에 언니를 놓쳤어. 실력이 보통이 아니야.』

모용청연이 이를 빠득 갈았다.

갑자기 십수 명의 마인들이 담벼락을 뛰어넘어 두 사람을 뼁 둘러쌌다.

대장으로 보이는 자는 뒷짐을 진 채 여유롭게 걸어오고 있었다.

소교주 마헌의 교주 즉위로 천마대 대주가 된 마영이었다.

그의 뒤에는 아까 봤던 문지기가 서 있었다.

모용청연이 속여 넘긴다고 제시한 그 문양이 오히려 화근이 된 모양이었다.

"못 보던 천마대 대원들이 돌아다닌다는 말을 들었다. 복면을 벗도록. 문지기에게 얼굴을 확인시켜 줘야겠다."

마영은 으름장을 놓으며 두 사람에게 다가왔다.

남궁혁은 천신이검을 단단히 쥐었다.

과연, 모용청연이 보통이 아니라고 장담할 만한 실력이었다.

『괜찮아. 지금까지 조용히 잘 왔잖아. 슬슬 들킬 때도 됐어.』

『그치만…….』

『어쩔 수 없잖아. 슬슬 시작하자고.』

남궁혁은 모용청연을 진정시키려 전음을 보냈다.

마영이 한 걸음 한 걸음 다가왔다. 남궁혁은 한 손으로 자신의 복면을 쥐었다.

『하나, 둘…….』

모용청연도 검을 쥐었다.

마영이 근거리까지 다가왔고, 마인들의 포위망은 더더욱 좁아졌다.

『셋!』

오 장 길이의 검강이 순식간에 솟아올랐다.

남궁혁의 진일보한 내공을 마구 집어삼킨 천신이검은 눈부신 백색의 검강을 흩뿌리며 적들의 사이를 파고들었다.

"적이다! 죽여라!"

척 봐도 다른 검강의 색에 마영이 외쳤다.

마영도 다섯 개의 단도를 뽑아 들었다.

처음에는 긴가민가했다.

문지기가 와서 수상한 사람들을 봤다고 했을 때도, 설마 정파 놈들이 당당하게 문을 통과해 들어왔을 거라고는 생각지 못했다.

문지기도 반신반의했다.

분명 마기가 느껴졌다고. 그런데 처음 보는 천마대원들이었다고.

게다가 둘이라니. 지난번 잠입한 쥐새끼는 한 명이었다.

어느새 둘이 됐단 말인가?

뭐, 둘인들 어떠랴. 마영은 여유롭게 생각했다.

마함천이 죽은 이후 마영은 교 내에서 손꼽히는 강자가 되었다.

지난번 쥐새끼도 마영의 손에 큰 상처를 입고 겨우 도주하지 않았던가.

목표하던 모용청경도 버려두고 말이다.

잘되었다. 이참에 쥐새끼를 잡아서 놈들이 알고 있는 바를 탈탈 털어놓게 할 것이다.

쥐새끼가 잠입한 경로를 알아내면 방비는 더 든든히 할 수 있고, 정파의 놈들이 분명한 그들에게서 풍기는 마기의 정체도 알 수 있으리라.

운이 좋다면 왜 마함천이 고작 애송이에 불과한 남궁혁, 팽천룡 따위에게 졌는지 그 비밀을 알 수 있을지도 몰랐다.

하지만 상황은 마영의 마음처럼 호락호락 돌아가지 않았다.

한 걸음 떨어져 있던 마영이 당황할 정도였다.

쥐새끼들은 서로의 등 뒤를 악착같이 지키며 천마대원들을 하나둘 베어 나가고 있었다.

믿을 수 없는 일이었다.

마신 재림 이후 천마대원들은 마신의 힘을 받아 제각기

화경 이상의 힘을 얻게 되었다.

원래 화경이었던 자들은 현경에 이르기도 했다.

그들을 막을 수 있는 건 아무것도 없었다.

가히 마교 최고의 무력 부대라 할 수 있었다.

마영은 마른침을 삼켰다.

본인의 머리로 도무지 이해할 수 없는 일이 벌어지고 있었지만, 원래 마교 정보부의 수장이었던 그답게 그는 최대한 빨리 머리를 굴렸다.

그래, 초월경이라 여겨질 정도로 대단했던 마함천도 쓰러트린 정파다.

마인들을 상대할 엄청난 비법이라도 알아냈는지 모른다.

그렇다면 이 상황에서 자신이 가세해 봤자 별 도움이 되지 않을지도 모른다.

다른 부대들을 서둘러 불러오는 것이 훨씬 도움이 될 것이다.

이성은 그랬다. 하지만 마음은 그렇지 않았다.

한 번 강한 힘을 가지면 약했을 때의 겸손함은 쉽게 되찾을 수 없다.

다른 부대들을 불러왔을 때, 그들이 속으로 마영을 얼마나 업신여길 것인가?

상대는 고작 둘이다. 고작 둘!

천마대는 당하는 자가 속출하긴 했지만 아직도 아홉 명 정도가 남아 있었고, 마영도 가세하지 않았다.

이 정도면 해 볼 만하지 않은가?

마함천은 혼자였고 그때 상대는 두 명 이상.

이쪽은 십 대 이다. 해 볼 만하다.

"더 이상 설치지 못하게 해 주겠다!"

마영은 단도 두 개를 뿌리며 두 사람에게 덤벼들었다.

땅을 박차고 신형을 날려 머리 위를 급습하기 위해 공중 위에 붕 뜬 순간, 마영은 뭔가 이상한 것을 느꼈다.

어라?

허공을 나는 자신의 몸은 가볍기 그지없어야 했다. 그는 원래도 잠입과 은신의 귀재.

게다가 마신의 힘을 받았으니 나는 듯 가벼운 건 당연한 일이었다.

하지만 작은 추 여러 개가 자신의 몸을 꽉 붙든 것 같은 기분이 들었다.

몸 안의 공력도 좀처럼 마음대로 되질 않았다.

자신의 몸을 채우던 공력이 갑자기 사라진다는 것은, 두 터운 솜옷을 입고 물속에 뛰어드는 것과 유사한 느낌이었다.

마함천이 느꼈던 당황을 마영도 똑같이 느끼고 있었다.

남궁혁은 마영이 당황하는 순간을 놓치지 않았다.

속전속결!

자신을 향해 단도를 휘두르던 적의 품을 파고들어 대동맥을 베어 낸 후, 그를 걷어찬 남궁혁은 곧바로 마영에게 덤볐다.

가장 강한 자를 베면 나머지는 모래성처럼 무너질 테니까.

마영은 허둥지둥하면서 남궁혁의 검을 받아 냈다.

아무리 마신 재림 이전으로 돌아갔다고 해도 그 또한 교내에서 손꼽히던 실력자다.

자존심이 있지 그렇게 순식간에 밀릴 순 없었다.

하지만 전세가 기운 것이 한눈에 보였다.

모용청연은 천마대의 조무래기들을 상대하고 있었고, 남궁혁은 마영을 밀어붙이면서 중간 중간 모용청연이 힘에 부치면 다른 이들을 견제해 주었다.

적이지만 감탄이 나올 정도였다.

갑자기 내공의 절반이 사라져 당황한 이들이 상대하기에는 너무나 손발이 착착 맞는 두 사람이었다.

하지만 그들도 마교의 최강 무력 부대인 천마대.

대원의 반이 쓰러지자 그들도 정신을 차렸다.

촘촘한 압박에 남궁혁과 모용청연의 움직임도 다소 제한

되었다.

마영은 비릿한 미소를 지었다.

대체 놈들이 무슨 수작을 벌인 건진 모르겠지만, 이건 기회였다.

놈들은 이 수법으로 마함천을 쓰러트린 것이 분명했다.

이참에 놈들을 잡아서 그 비법을 밝혀낸다면, 정파 놈들은 마교에 대항할 수 없으리라.

속수무책으로 교에 중원을 넘기게 될 것이리라.

『무조건 생포한다. 둘 다 잡을 필요는 없다. 하나만 살려라.』

『상처를 입혀도 됩니까?』

『죽지만 않는다면 팔다리 몇 개는 잘라 내도 상관없다. 너무 많이 자르면 후에 고문할 거리가 없어지니 적당히 하도록.』

마영의 주문에 천마대원들이 태세를 바꿨다.

공격적이되, 아까보다는 살기가 덜했다.

죽이려고 덤벼들던 좀 전과는 뭔가 달랐다.

『아무래도 우리를 생포하려는 거 같은데.』

놈들의 전환을 보다 빨리 눈치 챈 것은 모용청연 쪽이었다.

합격에 있어서 남궁혁은 주, 모용청연은 부를 맡았다.

부는 보조를 맡는 만큼 주에 비해 시야가 넓다.

남을 보조하는 역할을 주로 맡아 봤던 그녀는 순식간에 마인들의 의도를 알아챌 수 있었다.

『하나는 죽이고 하나만 잡으려고 하는 거 같은데. 어느 쪽을 잡으려고 할지 우리 내기할까?』

『여유도 넘치셔. 어서 시작이나 해.』

남궁혁이 농을 던지자 모용청연이 핀잔을 주었다.

남궁혁은 피식 웃었다.

그 순간, 천신이검에서 강력한 힘이 내뿜어져 나왔다.

검을 쥔 자의 내공을 흡입해 몇 배의 힘으로 불리는 신검의 위력이었다.

마인들의 안색이 파리해졌다.

본능적으로 눈앞의 힘을 느낀 것이다.

가장 많은 마신의 힘을 받았던 마함천에 필적하는 힘!

설마 지금까지 본래의 실력을 숨기고 있었던 건가?

마영의 등줄기로 식은땀이 흘렀다.

너무 잘못 생각했다.

놈들과 마주쳤을 때부터 다른 부대들도 부르고, 마신도 나와 달라 청해야 했다.

이 정도 힘이라면 교 내에서는 마신 외엔 상대할 이가 없었다.

하지만 누구에게 전음을 보낼 여유조차 주어지지 않았다.

남궁혁은 가장 먼저 마영에게 쇄도했다.

반항은 부질없었다.

그의 몸짓은 마치 어린아이의 발에 밟힌 나방의 처절한 날갯짓 같았다.

벗어나려 해도 벗어날 수 없었다.

딱 한 번 공격을 허용한다면 그대로 즉사하리라는 직감이 마영의 온몸을 장악했다.

그 순간만큼은 천마대원들의 생사도, 마교의 미래도 중요하지 않았다.

천신이검의 새하얀 검강이 자신의 목을 스치고 지나가자 피분수가 터졌고, 마영은 자신의 목숨 외에는 그 무엇도 중요하다 생각할 수 없었다.

교의 눈과 귀가 되기 위해 처절한 수련을 겪고 오로지 교에 충성하는 도구가 됐다고 생각했으나, 이처럼 강대한 힘 앞에서는 그런 수련도 부질없었다.

천마대원들도 다르지 않았다. 그들이라고 어찌 본능을 이길쏘냐.

평생 자신을 억제하는 수련을 해 왔던 마영조차 그러 할진대.

각자 본인의 생존을 추구하게 되자 그들은 오히려 추풍 낙엽처럼 쓰러지기 시작했다.

　개개인으로도 강한 그들이지만, 이미 마음이 졌다.

　뭉쳐도 모자랄 판에 흩어져서 어찌 이기겠는가.

　사실 그들은 뭉치는 게 답이었다.

　남궁혁이 천신이검을 이 정도 위력으로 휘두를 수 있는 데는 한계가 있었다.

　한 번 쓰러졌다가 일어난 이후 내공이 더욱 깊어졌지만, 그렇다고 해도 일각 이상은 무리였다.

　그랬다가는 또 삼 년을 정양하든지 화산에서 내주었던 화영수오단 급의 영단을 먹어야만 했다.

　그러니 시간만 끌면 사실상 천마대의 승리였다.

　하지만 그런 생각을 할 수 있는 인물은 없었다.

　천신이검이 어떤 것인지도 모르지 않는가.

　소란을 듣고 몇몇 무력 부대가 쫓아왔지만, 천마대도 어찌할 수 없던 남궁혁을 그들이 막을 수 있을까!

　『먼저 들어가! 정리하고 따라갈게!』

　『알았어..』

　남궁혁이 소란을 듣고 몰려들기 시작한 마인들을 단칼에 제압하면서 전음을 날렸다.

　임무 분담이었다.

만약 민도영과 모용청경을 구해 내기 전에 들킨다면 남궁혁이 주의를 끌거나 적들을 막고, 모용청연이 이들을 챙겨서 따로 도주하는 것으로 이미 말을 맞춰 둔 두 사람이었다.

모용청연은 자신의 앞길을 막는 마인들 서넛을 베어 버리고 재빠르게 별채의 지붕 위로 날았다.

그리고 창문 하나를 발길질로 부숴 버리고 그 안으로 들어갔다.

"누구십니까?"

들어가자마자 낯선 여인의 목소리가 들렸다. 뒤이어 익숙한 목소리도 들렸다.

"청연아!"

"언니!"

모용청경이 동생을 알아보았다.

모용청연이 창을 부숴서 밖의 횃불 빛이 들어온 덕분이었다.

모용청연은 서둘러 달려가 그녀를 얼싸안았다.

모용청경은 지난번 구출에 실패했을 때보다 얼굴이 더 야위어 있었다.

조금만 더 늦게 왔더라면 그녀는 그대로 말라 죽었을지도 모른다.

"당신이 민 총관이죠?"

"예, 그렇습니다. 작은 모용소저신가요?"

민도영이 조심스럽게 물었다. 그리고 창밖의 동태를 살폈다.

아까부터 요란하게 싸우는 소리가 났기에 민도영과 모용청경은 마음의 준비를 하고 있었다.

남궁혁과 모용청연이 그들을 구하러 왔을 수도, 정파 본대가 마교를 친 것일 수도 있었다.

전자라면 다행이었지만 후자는 조금 위험했다.

모용청경은 정파를 배신한 인물.

민도영만큼 대우를 받지는 못할 게 분명했다.

그래도 마교에 갇혀 있는 것보다는 낫다고 생각하며 기다렸더니, 다행히 모용청연이 온 것이다.

하지만 남궁혁이 같이 오지 않았다.

함정인 것을 알고 구하러 오지 않은 걸까?

그렇다면 오히려 다행이었다. 섭섭함보다는 안도가 앞섰다.

"혁이가 당신을 부탁했어요. 어서 나와요."

"소가주께서 오셨나요?"

"지금 시간을 벌고 있어요. 서둘러요."

모용청연은 언니의 몸을 손으로 훑으며 몇 개의 점혈을

풀었다.

한두 개는 그녀의 실력을 넘어서는 것이라 건드릴 수 없었지만, 이 정도라면 약간의 내공을 쓰는 건 무리가 아니었다.

남궁혁이 왔다는, 그리고 시간을 번다는 말에 민도영이 서둘러 자리에서 일어났다.

총명한 그녀는 상황이 어떻게 돌아가고 있는지 빠르게 파악했다.

남궁혁과 모용청연이 각기 역할을 분담했고, 자신들이 빨리 그리고 안전하게 빠져나가는 것이 남궁혁이 덜 위험해지는 길이라는 것도 알아차렸다.

민도영이 모용청경을 부축했고, 모용청연은 검을 들고 앞에 섰다.

이미 봐 둔 탈출로 쪽으로 서둘러 달려가며, 모용청연은 두세 명의 마인을 더 베어 냈다.

동생이 오자 힘이 났는지 모용청경도 힘을 내 달렸다.

모용청경은 죽은 마인의 손에서 검 한 자루를 빼앗아 들고 후방을 경계했다.

모용청연이 점혈을 풀어 준 덕분에 약간의 내공이 혈도를 따라 돌고 있었다.

몸에도 조금씩 기력이 차올랐다.

그렇게 얼마를 달렸을까.

문을 하나, 둘, 셋을 통과하자 저 멀리서 한 명의 인영이 빠르게 이쪽으로 날아왔다.

"혁아!"

모용청연의 외침에 민도영의 고개가 돌아갔다.

그녀는 모용청연만큼 시력이 좋지 않았기에 멀리서 점처럼 보이는 그를 한 번에 알아볼 수는 없었다.

하지만 그들이 문으로 달려가면서 그 또한 점점 다가왔다.

그리고 마침내 민도영의 앞에 섰다.

"소가주!"

울음 섞인 그 외침과 함께 민도영이 남궁혁의 품에 안겼다.

남궁혁은 조금은 당황하면서도 검을 쥐지 않은 손으로 그녀의 등을 쓸어 주었다.

웬만해서는 자신의 감정을 드러내지 않는 민도영이다.

그런 그녀가 자신을 이리 애처롭게 부르면서 눈물을 흘리다니.

그동안 얼마나 마음고생을 했으면 이럴까.

하지만 깊게 감상에 빠질 시간은 없었다.

"서둘러요. 어서!"

모용청연이 일갈했다. 그녀의 미간은 깊게 주름져 있었다.

한 때 연심을 품었던 사내가 제 여자와 얼싸안은 것이 꼴 뵈기 싫어서는 아니었다.

그런 질투 같은 하찮은 감정을 품을 때가 아니었다.

엄청난 기운이 그들을 향해 다가오고 있었다.

남궁혁도 마찬가지였다.

모용청연이 느낀 기를 남궁혁이 느끼지 못할 리가 없었다.

그는 민도영의 눈물을 닦아 주고는 그녀를 품에서 놓았다. 그

리고 그 자리에서 뒤로 돌았다.

"소가주!"

모용청연을 따라 다시 뛰려던 민도영은 남궁혁이 따라오질 않자 그를 불렀다. 그런 그녀에게 남궁혁의 전음이 닿았다.

『먼저 가요. 지금 엄청난 괴물이 오고 있어요.』

남궁혁이 오지 않는다고 해서 민도영도 안 갈 수는 없었다.

있어 봤자 짐만 될 뿐이니까.

그녀는 계속 뛰면서도 중간중간 뒤를 돌아보았다.

자신도 전음을 보낼 수 있으면 좋으련만.

그녀는 부디 돌아오라는 한 마디 말도 전할 수가 없었다. 남궁혁은 이미 너무 작게만 보였다.

『걱정 마요. 꼭 무사히 돌아갈게요.』

그런 민도영의 마음을 알았는지, 남궁혁이 약속을 전했다.

하지만 그 약속이 과연 이뤄질 수 있을까.

천신이검을 쥔 남궁혁의 손에 식은땀이 났다.

심장박동이 전과는 비할 바 없이 빠르게 뛰었다.

온 몸의 털이 곤두서고 근육이 긴장으로 빳빳하게 굳었다.

이 주변 일대의 공기가 온통 마기에 물든 것 같아서 숨조차 쉬기 버거웠다.

온몸을 조여 오는 마기에 정신이 아득해질 지경이었다.

마치 이 세상 전체가 자신에게 등을 돌린 것 같은 절망, 이전에 마함천을 상대했을 때와는 비교가 안 될 정도의 압박이었다.

상대를 쓰러트리는 것은 기대도 할 수 없었다.

시간이나 끌 수 있을까?

이 정도 기운이라면 남궁혁을 단번에 쓰러트리고 곧바로 민도영과 모용청연을 따라가 끌고 올 수도 있을 거 같았다.

아니, 고작 그 정도가 아니다. 홀로 무림맹 본대로 쳐들어가 그들을 전부 궤멸시킬 수도 있을 것 같았다.

세상을 홀로 멸할 수 있을 것 같았다.

남궁혁은 집중한 채 주변을 살폈다.

어디, 어디일까.

상대는 기운만 흩뿌린 채 모습을 보이지 않고 있었다.

사실 이 정도 경지라면 모습을 보이고 말고는 별로 중요하지 않다.

온 세상이 그의 존재 자체일 테니까.

"오랜만이구나."

드디어 한 인영이 모습을 드러냈다.

그는 마치 산보라도 나온 듯 뒷짐을 진 채 건물 모서리를 돌아 천천히 남궁혁을 향해 다가왔다.

엄청난 미공자였다.

부드러운 얼굴은 백옥을 깎은 듯했고, 짙은 먹으로 그린 듯한 눈매와 눈썹은 곱고 부드러웠다.

정파에서 손꼽히는 미청년인 은태림이며 천화를 봐 왔던 남궁혁이었지만, 이 사람은 그 궤가 달랐다.

세상 만물을 굽어보는 것 같은 부드러움.

허나 해남의 바다처럼 언제든 거친 파도로 모든 것을 집어삼킬 수 있을 것 같은 압도감.

"당신이 바로 마헌인가?"

"마헌이라. 뭐, 그렇다면 그렇겠지. 편한 대로 부르거라."

마헌이 빙긋 웃었다. 그러면서 그는 남궁혁에게 한 발짝 더 가까이 다가왔다.

남궁혁은 이상함을 느꼈다.

분명 머리를 아득하게 만드는 압박감과 긴장은 그대로였다.

그런데 왜 마헌에게서는 살기가 느껴지지 않을까?

마헌은 남궁혁에게 저벅저벅 다가오며 모용청연 등이 사라지는 것을 멀리 바라보았다.

"잘 도망치는군. 허나 아쉽게도 짐이 둘이라 그리 빠르지는 못하구나. 모용의 작은 아이 하나로는 둘을 책임질 수 없을 터. 너 홀로 여기 남은 것이 좋은 선택이라 생각하느냐?"

남궁혁은 답 없이 그저 천신이검을 잡은 손에 힘을 주었다.

상대의 빈틈을 찾고자 함이 아니었다.

자신의 틈을 감추기 위함이었다.

빈틈이라고 하기도 무색했다.

그의 앞에서 자신은 마치 발가벗은 것 같았다.

그것도 발가벗은 갓난아이.

제아무리 발버둥 쳐도 상대의 눈에는 무력한 몸짓처럼 보일 것이다.

"같이 도망가 봤자 어차피 잡힐 거라면, 내가 조금이라도 시간을 끄는 게 낫겠지."

남궁혁은 그의 말에 겨우 답했다.

그 말이 또 우스운지 마헌은 아예 배를 잡고 큭큭댔다.

아름다운 용모와는 어울리지 않은, 시정잡배의 웃음 같았다.

그냥 보기엔 허점을 있는 대로 드러내는 거 같은데도 왜 자신은 그 사이로 검을 찔러 넣지 못하는가.

남궁혁은 자책하면서도 마음을 가다듬었다.

그는 아직 천신이검의 힘을 발휘하지 않고 있었다.

천신이검이라면 이 거미줄에 걸린 나비 같은 신세에서 그를 구해 줄 것이다.

마헌의 공력이 아무리 강하다 하더라도, 천신이검의 앞에 선다면 그 또한 마함천처럼 힘이 반 토막 나 버릴 테니까.

그렇다면 남궁혁이 상대 못할 정도는 아닐 것이다.

아까 천마대를 상대하는 데 쓴 시간은 반 각이 좀 안 됐다.

그렇다면 남궁혁에게 주어진 시간은 반 각이 조금 넘는 정도.

그 안에 민도영이 도망갈 수 있을까?

무공을 익히지 않은 그녀의 발로는 얼마 가지 못할 수도 있었다.

그렇다면 만약 자신의 목숨을 이 자리에서 내던진다면?

목숨이 오락가락하는 상황에서도 남궁혁은 피식 웃었다.

요새 자신의 목숨을 너무 도매금으로 휙휙 내던지는 기분이 들었다.

어쩔 수 없지 않은가.

자신이 새 삶을 얻으며 이루고자 했던 것들이 이제 목전에 와 있는 것을.

큰 것을 얻고자 한다면 자신 또한 큰 것을 걸어야 한다.

미래를 얻기 위해서는 목숨을 내걸어야 하는 것이다.

둘 다 잃거나, 둘 다 얻거나.

일생일대의 도박이었다.

"아주 잘 자랐구나. 많이 염려했는데, 아주 잘 자랐어."

"당신이 나에 대해서 뭘 안다고 그렇게 말하는 거지?"

남궁혁이 눈살을 찌푸렸다.

눈앞의 상대는 기껏해야 자신보다 몇 살 많아 보였다.

그런데 남궁혁을 마치 한참이나 어린아이 대하듯 했다.

거만한 말투는 교의 소교주니 그렇다 쳐도, 남궁혁을 대하는 태도는 이해할 수 없었다.

오랜만에 만난 조카아이를 대하는 것 같은 이 태도는 대체 뭐란 말인가?

아무리 머리를 굴려 봐도 그는 마헌과 만난 일이 없었다.

저렇게 눈에 띄는 외모라면 길에서 지나쳤어도 기억이 날 게 분명할 테니까.

게다가 그의 말은 마치 남궁혁을 오래전부터, 그러니까 어릴 때부터 알고 있었다는 것처럼 느껴지게 했다.

"너에 대해서 뭘 아느냐라…… 나는 네 생각보다 꽤 많은 것들을 알고 있지. 네가 어디서 어떻게 자랐는지, 어떻게 실력을 쌓았고 언제 어떤 검들을 만들었는지 말이다. 예를 들자면 이건 어떠냐?"

마헌은 품 안에서 세 자루의 단도를 꺼내 들었다.

딱히 공세를 취한 것도 아닌데 그의 손에 무기가 들리자 심장이 파르르 떨렸다.

마치 심장 안에 끓는 물이라도 부은 것 같았다.

물 위에 올라와 숨을 쉴 수 없는 생선처럼, 호흡마다 죽음이 다가오는 것처럼 몸이 떨렸다.

그런 남궁혁의 상태는 아랑곳 않고 마헌은 단도 하나하나를 보며 말을 이었다.

"이건 네가 열두 살 때 만든 거지. 흑점에 팔아넘긴 단도였을 거다. 열두 살 아이의 실력이라고는 믿을 수 없는 물건이지. 하지만 그렇게까지 대단치는 않아. 지금의 네가 보기엔 영락없는 어린애 장난이지. 그래도 네가 만들었다는 말에 훗날 사람들이 몇 배를 주고 사려 들어서 구하느라 애를 썼다. 마뇌가 고생했지."

마헌은 그렇게 말하곤 단도 하나를 던졌다.

쌔액— 소리와 함께 그것은 남궁혁의 발치에 쏜살처럼 푹 박혀 들어갔다.

손잡이까지 박혀 들어가 그 끄트머리만 약간 보일 정도였다.

그저 공 던지기 놀이를 하듯 가볍게 던졌을 뿐인데.

"이건 네가 열여덟에 만든 걸로 기억한다만. 열아홉이었나? 이 때쯤부터 실력이 확실히 성장했지. 기린이라는 이름을 얻었을 때 내가 얼마나 기뻐했는지 넌 모를 거다. 그리고 이건 네가 스물 하나 때—"

"그만. 대체 왜 그런 얘기를 하는 거지?"

남궁혁의 의아함은 더욱 커졌다.

마헌에게서는 남궁혁에 대한 애정 비슷한 것도 느껴졌다.

애정이라니?

마교의 소교주가 남궁혁에게?

물론 동성에게 갖는 성적인 애정을 말하는 건 아니었다.

오랫동안 길러온 난초에 대한 애정, 아니면 먼 옛날에 어쩔 수 없이 떠나보내야만 했던 아이에 대한 애정과 비슷했다.

남궁혁의 말에 마헌은 피식 웃고는 단도들을 다시 품 안에 갈무리해 넣었다.

그러곤 역시나 남궁혁의 질문에는 대답하지 않은 채, 그가 들고 있는 검에게로 시선을 돌렸다.

"좋은 검이군. 아주 잘 만들었구나. 이름이 뭐지?"

"……천신이검이다."

"호오, 천신이검이라. 그렇구나, 그런 검이 되었어. 아주 잘하였다. 역시 마신석의 가치를 꿰뚫어 보았구나. 그럼 그렇지. 그러니 함천 그 아이가 네게 당했겠지."

이제는 의아하다 못해 어이가 없을 지경이었다.

함천이라니. 마교의 전대 교주였던, 그리고 마헌의 아버지인 마함천을 일컫는 게 분명했다.

세상 어느 자식이 아비의 이름을 저렇게 부르던가?

심지어 제 아비를 보고 '아이'라 불렀다.

'이 녀석, 약간 돈 거 아니야?'

무공이 극에 달하면 오히려 백치가 되거나, 범인이 보기에는 미치광이 같은 언행을 하는 경우가 있다는 얘기는 무림에서 내내 전해져 왔다.

마헌도 그런 경우에 해당하는 걸까?

"어쨌든, 여기까지 와 주어서 정말 고맙구나. 솔직히 말하자면 반신반의했단다. 내 도박이 과연 잘 될지, 너의 생을 돌리면서 많이 주저했었지. 하지만 이처럼 강해져 나를 찾아와 준 것을 보니 마음이 흡족하구나."

남궁혁의 그 생각, 마헌이 미친놈이 된 건 아닐까 하는 그 생각은 이어지는 그의 말을 듣고는 삽시간에 사라졌다.

남궁혁의 머릿속에선 순간 정적이 흘렀다.

사람이 너무 놀라면 아무 생각도 들지 않고 멍하기만 하다.

'지금 내가 뭘 들은 거지?' 하는 생각만이 머리에 가득 찬다.

지금 남궁혁이 딱 그랬다. 너무 놀라서 온몸의 경계가 풀어질 정도였다.

"……내 생을 돌려?"

마헌에게 되묻는 남궁혁의 말이 떨렸다.

마치 추운 북해에 알몸으로 떨어진 것처럼 이빨이 딱딱 부딪쳤다.

이번 삶 그 누구에게도 말해 주지 않은 자신의 비밀이었다.

자신의 두 번째 삶.

덕분에 앞으로 일어날 일들을 알고 있었고 남궁혁으로

하여금 빠른 성장을 이룩할 수 있었던 그의 첫 번째 기연.

그 무엇과도 비교할 수 없는 행운. 마헌은 지금 그것을 말하고 있는 것이다.

"그래. 세상의 시간을 돌려 네게 두 번째 삶을, 기회를 주었지."

그 기연을 자신이 줬다고 말이다.

청천벽력 같은 일이었다.

남궁혁은 몸을 부르르 떨었다.

왜 지금까지 한 번도 생각해 보지 않았을까.

자신의 새로운 삶이 누군가에 의해서 일어난 일이라고 말이다.

그럴 수밖에 없었다.

이 세상 그 누가 그런 일을 할 수 있겠는가. 그건 인간의 영역이 아니었다. 그런 일을 할 수 있는 건 인간이 아니다.

"……그렇군. 당신, 마헌이 아니군."

"그래."

마헌은 그저 빙긋 웃을 뿐이었다.

하지만 그가 말하지 않아도 이미 남궁혁은 마헌의 정체, 그러니까 그 안에 들어 있는 자의 정체를 알아차렸다.

마신이었다.

마신이 남궁혁에게 새로운 삶을 준 것이다.

이 무슨 어처구니없는 일이란 말인가.

남궁혁은 새로운 삶의 대부분을 마교를 막고자 하는 의지로 살았다.

그가 처음 다섯 살 어린애로 눈을 떴을 때부터 말이다.

아직도 기억난다.

뱃가죽을 뚫고 내장을 헤집던 서늘한 검의 감각.

온몸의 피가 쏠리고 심장이 발악하는 가운데 눈앞에서는 붉은 마기가 번뜩이던, 그러면서도 급격하게 죽음 속으로 사라지던 그 느낌.

그는 그렇게 죽었다.

마인의 손에 죽었고, 그의 삶의 터전은 마교에 의해 무참히 폐허가 되었다.

그런 자신을, 마신이 과거로 돌려보냈다고?

"……그래, 생각났어. 예전에 주 소저가 나한테 그랬지. 당신이 이전 삶의 내 모습을 그녀에게 보여 줬다고 말이야."

"그래. 그 아이에게는 보여 줄 필요가 있었지."

"하지만 믿을 수 없다."

남궁혁이 이를 악물고 말했다.

믿을 수 없었다.

마신이 제 새로운 삶에 대해서 안다고 해도 말이다.

상대는 마신이다.

남궁혁에게 뭔가 다른 점이 있다는 것을 알 수도 있다.

그렇다고 그게 마신이 한 일이라는 걸 증명할 수는 없었다.

"믿을 수 없다라. 어째서지? 너는 네 비밀을 누구한테도 말한 적 없을 텐데. 아흔 그 아이야 내가 알려줬으니 그렇다 치고, 나 외에는 너의 비밀에 대해서 아는 이가 없는데 말이야."

마헌은 이해가 안 간다는 듯 고개를 갸웃거렸다. 남궁혁은 더욱 확신에 차서 외쳤다.

"당신이 만약 누군가를 과거로 되돌려야 했다면, 그게 나는 아닐 거야. 나는 마교 천하에 전혀 도움이 안 될 테니까. 오히려 마교를 막고자 하는 의지로 가득 차 있으니까. 내이전 삶을 기억한다면 알겠지. 나는 정마전쟁으로 인해 마인에게 죽임을 당했고 내 고향은 일 차 침략 때 폐허가 되었어. 아버지의 부고를 들었지만 이미 마교에 점령을 당해 고향으로 돌아갈 수도 없었고, 부족한 무기 때문에 자리를 비울 수도 없었지."

"그래. 너는 당시 교에 대한 분노와 복수심으로 가득 차 있었다. 본성이 선해서 그렇게 극렬한 쪽은 아니었지만 말이야."

남궁혁은 마헌을 노려보았다.

자신에 대해 뭐든 안다는 듯한 태도가 불쾌했다.

그는 더욱 힘주어 말했다.

"이런 내게 새로운 삶을 줘서 당신에게 무슨 득이 되지? 그것도 이전 삶의 기억까지 그대로 갖고 있는 채로? 오히려 정마전쟁을 대비하고 마교의 행사를 방해하기만 할 텐데? 실제로 내가 방해한 마교의 행사는 한두 개가 아니야. 그 정도는 알고 있지 않나? 정마전쟁이 이십 년 정도 더 빨라지긴 했지만, 마신 재림이 성공했음에도 너희들은 산맥 이남으로 내려오지 못하고 있어. 우리는 교주마저 쓰러트렸지. 설마 이런 결과가 나올 줄 모르고 나를 과거로 되돌렸다는 건가? 아니면 새로운 삶에선 마교가 이길 것을 아니까 교에 투신할 것을 기대한 건가?"

남궁혁은 폭포수처럼 말을 쏟아 냈다.

평소 말이 많지 않은 그답지 않은 태도였다.

마헌의 말은 남궁혁의 역린을 건드린 거나 마찬가지였다.

혼자서 품고 있던 비밀, 수면 위로 떠오르지는 않아도 늘 간직하고 있던 새로운 삶에 대한 의문, 거기에 마헌의 말까지.

그 모든 것에 의해 말이 봇물 터져 나오듯이 터져 나왔다.

마헌은 그가 말하는 것을 미소 지은 채 바라보다가 입을
열었다.

"이제 하고 싶은 말은 다 한 건가?"

그 태도가 여유가 흘러넘쳐서 남궁혁은 더욱 화가 났다.
하지만 이 대화의 주도권은 마헌에게 있었다.

"그래, 이득이라. 중요한 문제지. 너 하나를 과거로 돌려
보내는 데 내 힘의 반절을 썼고 그게 아직도 회복이 되지 않
고 있으니 말이야. 득실을 따지자면 무척이나 손해에 가깝
지. 내게 반하는 자를 만드는 데 힘의 절반이라니 말이야."

남궁혁의 반박에도 마헌은 흔들리지 않았다.

이렇게 나오니 남궁혁의 마음이 되레 흔들렸다.

정말, 마신이 그에게 새로운 삶을 준 것일까?

"이렇게 말하면 어떨까. 너에게 새 삶을 주어야만 할 중
대한 이유가 내게 있었다면? 내 힘의 절반을 소모할 만한
가치가 네게 있다면 어떻겠느냐?"

"그럴 리가……."

하지만 남궁혁의 말에는 의심이 섞여 있었다.

정말, 마신이 제 삶을 되돌릴 만한 가치가 자신에게 있는
걸까?

"계속 서서 얘기하기도 그러니, 안으로 들어가지. 너를
위해 자리를 준비해 두었다."

마헌은 온화한 미소를 띠며 남궁혁을 향해 손짓했다.

남궁혁은 갈등했다.

그는 진실로 궁금했다. 정말 자신의 삶이 누군가에 의해 돌아온 것일까?

그렇다면 그 이유가 대체 뭘까?

자신이 대체 뭘 갖고 있기에 마신이 자신의 힘을 반 토막 내면서까지 그를 과거로 되돌린 걸까?

남궁혁에게만 이전 삶의 기억을 허락한 채 말이다.

마신은 남궁혁이 스스로 발을 뗄 때까지 순순히 기다려 주었다.

그의 태도가 남궁혁의 마음속에 피어난 궁금증을 더욱 부채질했다.

자신을 개미 짓밟듯 죽일 수 있는 자다.

그런 자가 여태까지 남궁혁에게 어떠한 살의도 보이지 않았다.

오히려 자칫하면 깨지는 유리처럼, 조심조심 남궁혁을 달래며 자신의 얘기를 듣게 했다.

원하는 게 있다면 강제로 붙잡거나 협박을 해도 될 텐데 말이다.

아마 그가 마련했다는 자리에도 독이나 함정은 없을 것이다.

그런 하찮은 수를 쓸 필요가 없는 힘을 가진 상대니까.

"조건이 있다."

"흐음, 조건? 말해 보거라."

"추격을 멈춰."

"아아, 아까 도망갔던 여아들 말인가. 그쯤이야 별것도 아니지. 처음부터 순순히 보내 줄 생각이었단다."

마신은 그렇게 말하곤 눈을 잠깐 감았다.

민도영들을 추격하러 간 이들에게 전음이라도 날리는 걸까?

마신이니까 특별한 수단을 쓰는 걸지도 몰랐다.

"되었다. 이제 여아들은 안전한 곳으로 잘 알아서 도망칠 게다. 이제 나를 따라오거라."

남궁혁은 반신반의하면서도 검을 수습하고 발을 떼었다.

지금으로서는 마신의 말을 따르는 수밖에 없었다.

그가 남궁혁을 이끈 곳은 작은 정원이었다.

연못 한가운데 정자가 있고, 정자에는 가벼운 다과와 차 등이 준비되어 있었다.

마신이 먼저 앉았고 남궁혁에게 자리를 권했다. 남궁혁도 마주 앉았다.

마신이 손수 남궁혁에게 차를 따라 주었다.

남궁혁은 잔을 들고 혹시라도 독이 든 건 아닌지 향을 맡으며 물었다.

"처음부터 그냥 보내 줄 생각이었다면, 민 총관은 왜 납치한 거지?"

"다친 곳은 없을 테니 너무 걱정하지 말거라. 그저, 네가 소중한 이를 위해 얼마만큼 용기를 낼 수 있는 사람인지 마지막으로 확인해 보고 싶었을 뿐이니까."

마신의 말은 들을수록 수수께끼였다.

남궁혁은 마치 술을 마시듯 뜨거운 차를 단숨에 들이켰다.

그러고는 생각을 정리했다.

첫째, 마헌은 마신이다.

둘째, 마신은 자신의 이익을 위해서 남궁혁을 과거로 되돌려 보냈다.

셋째, 마신은 남궁혁이 새로운 삶을 얻은 후 어떻게 성장해 왔는지를 지켜보았다.

"내가 당신에게 뭔가 득이 되려면 그냥 살아 있는 거 외에도 중요한 요건이 있는 모양이군."

"호오, 현명하기까지. 생각이 깊구나. 하긴, 그러니까 한 세가를 운영하는 자로 성장했겠지."

마헌은 마치 장성한 아들을 보듯 흐뭇한 얼굴로 자신도 차를 마셨다.

남궁혁이 무례하게 차를 술처럼 마신 것과는 달리, 절도 있고 예법에 맞는 움직임이었다.

　"그래. 나는 네가 훌륭한 인물로 자라기를 고대해 왔다. 고작 스물 남짓한 나이에 이만큼 깊이를 가진 자로 성장할 줄은 예상하지 못했지만 말이야."

　정말 이상한 기분이었다.

　남궁혁은 자신이 마신 차가 소태 우린 물이라도 되듯 인상을 찌푸렸다.

　마교의 교주, 그리고 마신과 나눌 만한 대화가 아니었다.

　정파의 은거 고수와 대담을 나누는 기분이 딱 이럴까.

　이전 삶에서 등선을 앞둔 고수가 정파의 종말을 보곤 자신의 공력을 바쳐 남궁혁을 되살리고, 현생에서 만나 그 사실을 알려 준 후 우화등선하는 그런 이야기 말이다.

　그런 이야기라면 별로 이상하지 않다.

　무림에서 전해 내려오는 설화 중에 하나쯤 있을 법했다.

　하지만 그 상대가 마신이라면 좀 괴이하지 않은가?

　"아직도 머리가 복잡한 모양이군."

　남궁혁의 그런 생각을 읽은 듯 마신이 웃었다.

　그는 남궁혁의 잔에 차를 한 잔 더 따라 주었다.

　"어디서부터 얘기를 할까…… 그래, 네가 죽은 이후의 얘기부터 하는 게 좋겠군. 이전 삶의 정마대전 말이다."

"어떻게 됐지?"

남궁혁은 마헌의 얘기에 관심을 보였다.

이전 삶의 얘기긴 하지만, 자신이 죽은 뒤 정마대전의 결과가 조금은 궁금했다.

마신이 자신을 되살려 새로운 기회를 얻고자 한 걸 보면, 마교가 진 걸까? 아니면 정파가 진 걸까?

"교는 정파를 몰락시켰다. 동시에 황실의 땅도 절반 정도 먹어 치웠지. 사파 세력은 우리와 손을 잡고자 했고, 우리는 중원을 사실상 평정했다."

남궁혁의 얼굴이 더욱 일그러졌다.

도무지 아귀가 안 맞는 얘기투성이였다.

자신들이 이겼는데, 왜 또 같은 일을 반복하려고 한 거지? 왜 남궁혁을 과거로 보냈지?

마신은 그저 부드럽게, 그러나 다소 씁쓸하게 웃어 보일 뿐이었다.

"일장춘몽이었지."

"빙빙 돌리지 말고 제대로 얘기해. 답답하니까."

남궁혁은 상대가 마신이라는 걸 알고 나서도 당당한 태도를 유지하려고 애를 썼다.

반말을 쓰는 것도 그 일환이었다.

어쩐지 한 번 굽히고 들어가면 저쪽에 휘말려 버릴 것 같다는 위기감이 들었다.

"너는 남궁세가의 대연군림보를 배웠지. 또한 오행신공을 배웠다. 마치 자연의 일부가 된 듯 세상의 묘리에 몸을 맡기며 너 또한 느낀 바가 있을 것이다. 세상은 언제나 순환한다는 것을 말이다. 파괴를 할 때가 있으나 그 또한 다시 균형으로 돌아가는 법이지."

남궁혁이 좀 속 시원히 말해 보라고 얘기했으나 마신은 계속해서 선문답을 이어 갔다.

하지만 이번에는 남궁혁도 다소 이해가 가는 바가 있었다.

균형.

특정한 힘의 우세는 언젠가 끝나기 마련이다.

세상은 균형을 잡으려는 이치를 따르고 있으므로.

"나의 힘이 이 세상에 온전하게 존재하려면 수많은 제물을 필요로 한다. 이 세상에 원래 존재치 말았어야 하는 힘이기 때문이지. 내가 이 세상에 나오지 않아도 교인들은 내 힘을 빌 수 있으나, 그것에는 한계가 있으니까. 요전번 정마대전에선 그걸 간과했지. 교인들도, 심지어 나도 말이다."

"……당신의 힘이 이 세상에서 사라졌던 거군."

"그래. 제물도 한계가 있었지. 나의 힘이 스러지고 많은 고민을 했다. 그리고 하나의 결론에 다다랐지."

"그 결론이 나를 과거로 되돌리는 거였나?"

"그래."

마헌이 순순히 인정했다.

이쯤 되니 궁금해지기까지 했다. 남궁혁 자신에게 대체 뭐가 있기에?

마교와 정파의 세력 균형을 맞춰 줄, 정파에도 마신과 같은 수준의 엄청난 힘을 가진 절대고수가 필요하다고 여긴 걸까?

그랬다면 차라리 팽천룡을 과거로 보내는 게 더 나았을 텐데?

아니면 천신이검을 만들 존재가 필요했던 걸까?

그렇다면 왜 굳이 남궁혁일까?

뛰어난 장인이긴 했지만 굳이 남궁혁이어야 할 필요성도 없었을 텐데?

"성격이 급하군. 괜히 애써서 머리 굴리지 말고 내 말이나 경청하거라."

"빙빙 돌려 얘기하니까 그렇지."

"오랜 세월이 걸린 일인데 어찌 한 마디 말로 설명할 수 있을까."

마헌은 차를 비웠다. 그리고 빈 잔에 다시 쪼르르 차를 채워 넣으며 말을 이었다.

"나는 그때 한 가지 결론을 내렸다. 내가 이 세상에 내려와 오래도록 지배하려면, 나에 대적할 수 있는 힘이 필요하다는 것 말이다. 그저 인간으로는 족하지 않아. 나는 마신이다. 그러려면 신적인 힘이, 정파에도 필요했지."

"난 신적인 힘이 없…… 설마, 그래서 마신석을 나에게?"

"아흔이 참으로 잘해 주었지. 오해는 말거라. 내가 그렇게 되도록 만들었을 뿐, 그 아이는 자신이 옳다고 생각한 대로 움직였을 뿐이니."

"당신의 목적은 결국 천신이검이었나?"

가라앉았던 경계심이 다시 피어올랐다.

천신이검을 노리고 남궁혁을 여기까지 유인한 게 틀림없었다.

여차하면 남궁혁이 천신이검의 힘으로 자신에게 덤벼들까 봐 여태껏 얘기를 하면서 긴장을 풀도록 한 것이리라.

"염려 말거라. 너를 죽이고 검을 빼앗을 생각은 없으니."

"그걸 어떻게 믿지?"

"그 검은 내게 상극인 검이다. 마신석을 사용했으나 나와는 정반대의 신을 담고 있지. 자신의 의지로 세상에 내려온 것이 아니니 나처럼 자유롭진 못하지만 말이다. 굳이 내 곁에 둘 필요는 없지."

마신은 태연했다. 정말 꿍꿍이를 알 수 없는 자였다.

"그러면 왜 나를 여기까지 오도록 한 거지?"

"너를 직접 보고 싶었으니까."

마헌은 남궁혁을 바라보았다. 흐뭇함과 애정. 그것은 결코 거짓이 아니었다.

"이 세상에서 힘을 거둔 뒤, 나는 정마대전에서 쓸 만한 혼을 찾아 헤맸다. 신검은 아무나 만들 수 있는 게 아니지. 뛰어난 실력을 가진 장인이면서, 동시에 무공에도 소질이 있어야 했다. 호기심도 충분해야 했지. 그저 그런 장인은 마신석을 보는 것만으로 그 마기에 취해 정신을 못 차릴 테니까. 또한 적당히 현명하고 어느 정도 자기 잇속을 챙기는 자여야 했지. 인간사는 너무 정직하기만 해도 안 되니까. 그에게 신검을 만들 기회가 생기려면 그 자질을 꽃피울 뒷받침이 있어야 하지 않겠나. 배경이 안 된다면 스스로 배경을 만들 수 있는 재능이 있는 자가 필요했지. 그렇게 신검을 만들 수 있는 자질이 있는 자를 찾아 혼백의 바다를 끝없이 헤쳐 나갔다."

남궁혁은 마신의 말에 집중했다.

지금 그의 말이야말로 남궁혁의 새로운 삶이 펼쳐지게 된 이유였다.

"무엇보다 가장 중요한 것은, 얼마나 내게, 교에 적개심을 가지고 있느냐였다. 오로지 교를 타도하겠다는 일념만이 나와 상극인 신을 검에 붙들어 놓을 수 있을 테니까. 정마 대전 직후라 그런 자를 찾는 것은 어렵지 않았지."

이제야 남궁혁은 눈앞이 트이는 느낌이었다.

왜 자신이어야 했는지 말이다.

남궁혁은 마신이 말하는 모든 조건에 들어맞았다.

뛰어난 대장장이긴 했지만 그것을 제하고 나면 무림에서 크게 두각을 드러내지 않은 그가, 왜 마신에게 선택되어 이전 삶의 기억을 갖고 새로운 삶을 살게 되었는지.

"이전 삶의 기억을 그대로 갖고 과거로 돌아간 것도 당신의 안배인가?"

"그렇지. 백지인 상태로 과거로 돌아가면 무슨 소용인가. 가장 중요한, 나를 타도하겠다는 일념 없이는 신검을 만들 수 없을 터인데."

마헌은 빙긋 웃었다.

남궁혁도 웃었다.

하하하—, 어처구니없다는 웃음. 허탈한 웃음.

모든 것이 부질없게 느껴질 때 터져 나오는 그 웃음이었다.

"결국 나는 당신의 뜻대로 움직이는 꼭두각시에 불과했다 이건가?"

"저런, 너무 자괴감에 빠지지는 말거라. 내가 관여한 바는 그리 크지 않으니. 너를 과거로 돌린 이후, 나는 너무 큰 힘을 소모하는 바람에 한참이나 잠들어 있었지. 깨어난 것은 얼마 되지 않았다. 다행히 너는 아주 잘하고 있었고. 아, 물론 소소하게 도움을 준 일이야 있지. 교의 아이들이 너를 제거하려고 할 때 몇 번 정도는 말렸단다. 마신검을 만드는 일도 굳이 너를 지목한 게 아니었는데, 그 아이들이 먼저 나섰지. 다행히도 네가 잘 헤쳐 나갔지만 말이다. 너의 세가도 걱정하지 말거라. 그저 위협하는 시늉만 하고 있을 뿐, 네가 아끼는 아이들은 다치지 않고 잘 있단다."

잘하고 있었다는 말을 칭찬으로 받아들여야 할지, 욕으로 받아들여야 할지.

남궁혁은 지끈지끈한 관자놀이를 꾹꾹 눌렀다.

감당할 수 없는 사실들이 남궁혁에게 쏟아지고 있었다.

그나마 위안이 되는 건 세가의 사람들이 무사하다는 말뿐이었다.

"그렇다면…… 신검을 빼앗을 것도 아니고 나를 죽일 것도 아니면 나를 뭐 하러 여기까지 꾀어 낸 거지? 그저 얘기나 나누려고 부른 건가?"

"제안을 하나 하기 위해서지."

마헌의 시선이 남궁혁의 허리춤으로 향했다.

남궁혁은 움찔하며 천신이검의 검병에 손을 갖다 댔다. 여차하면 뽑을 생각이었다.

하지만 마신은 그저 검을 감상하면서 말을 이을 뿐이었다.

"그 검은 나를 죽일 수 있되, 나를 이 세상에 묶어 놓을 수도 있음이다. 극과 극이 함께해야만 균형이 성립되는 법이니까."

"……제단을 파괴해도 마인들의 힘이 약해지지 않은 이유가 있었군."

"그래. 그 검이 존재하는 한, 나는 제물을 그리 많이 받지 않아도 이 세상에 온전히 힘을 유지할 수 있지. 그게 바로 너를 여기로 부른 이유다."

마헌은 천신이검에서 시선을 떼고, 남궁혁을 바라보았다. 그리고 그에게 섬섬옥수 같은 고운 손을 내밀었다.

"그 검을 지니고, 나와 함께 이 너른 중원을 반으로 갈라 갖지 않겠느냐?"

엄청난 제안이었다.

인간의 영역을 뛰어넘은 존재가 남궁혁에게 손을 잡자 말하고 있었다.

남궁혁은 침을 꿀꺽 삼켰다.

"반으로 갈라 갖는다는 게 정확히 어떤 뜻이지?"

"문자 그대로다. 너에겐 섬서를 비롯한 북부의 영역을 내주마. 우리는 남부를 갖겠다. 쫓겨난 황제를 모시든, 네가 새 황제를 옹립하든 그건 상관없다. 네가 황제가 되어도 좋겠지."

"그 대신, 내가 검을 지킴으로써 너를 해하지 못하게, 그리고 동시에 이 세상에 존재할 수 있게 해 달라 이건가?"

"그렇지."

마신이 빙긋 웃었다.

보통 사람은 감히 상상도 못할 밀월이었다.

남궁혁은 한동안 말이 없었다.

그는 여러모로 충격을 받은 상태였다.

자신의 새로운 삶이 마신의 계획에 의한 거였다니. 어찌 충격을 받지 않을까.

마신에게 대적하기 위해 만든 신검이 오히려 마신을 이 세상에 묶어 두게 된 것은 그다음이었다.

그뿐인가, 마교의 행사를 방해하며 새로운 삶을 충실히 살았다고 생각한 그의 지난 행보가 오히려 마신의 뜻대로 한 걸음 한 걸음 걸어온 거라니.

허탈한 웃음이 새어 나왔다.

차라리 마신으로부터 어떤 전언이라도 받았다면 모르겠다.

한 마디 들은 것도 없는데 어쩌면 이렇게 그가 계획한대로 정확히 움직였던 걸까.

자신의 삶이 진정 제 뜻대로 이뤄진 건 맞긴 할까?

온갖 의문이 들고 머리가 복잡했다.

마신은 남궁혁이 고민하는 동안 찻잔을 비우며 기다려 주었다.

"……내가 만약 그 제안을 거절하면 어떻게 되지?"

하지만 마신과 손을 잡는다는 건 역시 아니었다.

남궁혁은 천신이검의 손잡이를 잡으며 물었다. 마신은 태연했다.

"좀 아쉽겠지만, 네가 아닌 대리인을 찾겠지. 신검을 만들어 주었으니 그리 섭섭지 않게는 해 주마. 진우라는 아이가 참으로 똘똘해 보이더구나. 그 아이라면 막중한 책무를 질 수 있을 게야. 너만큼은 못하겠지만 말이다. 하지만 난 네가 거절하지 않을 거라고 믿는다."

마신은 찻잔을 내려놓았다.

그 일상적인 동작에도 남궁혁은 옴짝달싹하지 못했다.

"새로운 삶은 어떻더냐. 즐겁더냐, 아니면 괴롭더냐."

갑작스러운 질문이었다. 마신은 대답을 기대하지 않은 듯 말을 이어 나갔다.

"즐거웠겠지. 내가 너에게 준 새 삶은 말이다. 일어날 일들을 이미 알고 있고 그에 맞춰서 앞서 나갈 수 있다는 건 참으로 즐거웠을 거다. 이를 이용해 더욱 큰 성공을 맛본다면 말이야. 자신의 능력 이상의 것을 가질 수 있다는 즐거움. 그건 쉽게 손에서 놓을 수 없는 쾌락이지. 그걸 계속 이어 나가자는 거다."

마신의 말은 마치 거미줄처럼 남궁혁을 천천히 얽어 갔다.

정확했다.

새로운 삶은 즐거웠다.

지난 삶에서 후회했던 많은 것들을 되돌리고 승승장구했다. 실패는 거의 없었다.

쓴맛을 보기도 했지만, 이전 삶과는 비교할 수도 없었다.

마신은 말이 없는 남궁혁을 보며 그럴 줄 알았다는 듯 흐뭇하게 웃었다.

"나는 네가 그러한 인간이라는 것을 안다. 정직하고 도덕적으로 살아왔다고 자부하겠지만, 스스로에게 물어보아라. 너는 진실로 정직했느냐? 네가 알고 있던 이전 삶의 사실들을 이용해 성공하는 것은 과연 정직한 일이더냐? 오히려 편법에 가까운 일이지 않더냐? 마교에 대항하기 위해서라며 스스로를 합리화하면서, 성공의 쾌락에 젖은 적이 한 번도 없더냐?"

마신의 말 한 마디 한 마디가 남궁혁의 마음에 비수처럼 꽂혔다.

아니라고 소리 내어 말하고 싶었지만 그 말은 입 안에만 머물렀다.

어른에게 혼나는 어린아이가 된 기분이었다.

실력을 키우고 세가를 성장시키는 과정에서 정말 마교를 막고자 하는 순수한 뜻만 있었던가?

도무지 그렇게 말할 순 없었다. 남궁혁은 도사도 승려도 아니었다.

아니, 도사나 승려라도 그럴 순 없었을 거다.

인간이라면 말이다.

"그러나 또한 너는 정직하기도 하지. 네가 아주 타락하고 탐욕에 물든 인간이었다면 나는 거래를 제안하지 않았을 거다."

마신이 올가미를 살짝 느슨하게 풀었다.

원래 말을 길들일 때는 당근과 채찍을 적절히 사용해야 하지 않던가.

채찍으로 계속 아프게만 한다면 반항만 늘 뿐이니까.

"네가 꿈꾸는 세상이 어떤 건지 안다. 정직한 세상. 노력한 자가 노력한 만큼의 것을 얻을 수 있는 세상. 그런 것을 너는 의와 협이라 여긴다지."

남궁혁은 조심스럽게 고개를 끄덕였다.

정말 마신은 남궁혁에 대해 모르는 게 없었다.

하긴, 모르는 게 더 이상했다.

마신은 혼백의 바다를 헤매며 자신이 원하는 혼을 찾아 다녔다고 하지 않나.

남궁혁이 어떤 사람인지, 남궁혁 자신보다 마신이 더 잘 알지도 몰랐다.

"네가 내 제안을 거절한다면 이는 불가능할 것이다. 교를 꺾는다고 해도 말이다. 천하제일인이 된다면 세상을 정의롭게 만들 수 있을까? 너는 그럴 만한 자질도 되지 않지. 너는 고작 한 세가를 이끄는 것에 그칠 것이다. 너의 정의는 네 지역에서만 가능한 얘기야. 허나 나의 말을 따른다면, 너는 중원 절반의 지배자가 된다. 그곳에서 너는 너의 정의를 펼칠 수 있다. 네가 곧 힘이고 네가 곧 법인 세상을 만들 수 있다. 비록 반쪽짜리라고는 해도 말이다."

"겉으로는 당신과 싸우는 척하면서, 뒤로는 손을 잡자는 건가?"

"내통이라고 생각할 필요는 없다. 표면적으로는 정말 치열하게 싸울 테니까. 결코 네가 손해 보는 얘기는 아닐 거다."

마신의 말은 지나치게 유혹적이었다.

그 어떤 미인과 미주도 이에 견줄 순 없으리라.

마신은 남궁혁의 표정을 살피며 찻잔에 손을 뻗었다.

"눈앞에 적이 있으면 인간은 뭉치기 마련이지."

마신은 남궁혁의 잔을 제 잔과 나란히 놓았다.

마치 찻주전자에 찻잔 두 개가 대항하는 모양새였다.

"허나 만약 내가 사라지고, 교가 다시 화염산으로 물러난 다면."

찻주전자를 옆으로 치우자, 찻잔 두 개가 남았다. 마신은 찻잔들의 거리를 벌렸다.

"의와 협을 위협하는 것은 마교가 아니라 정파 자신이 될 게다."

"……정파 내부의 분열을 얘기하는 건가?"

"아까도 말했지. 균형이라고. 의와 협을 중시하는 자들이 있다면, 그들의 그림자 속에서 제 잇속을 챙기는 자들이 생기기 마련이다. 정파라고 늘 옳지 않음은 너도 잘 알지 않느냐?"

마신은 웃었다. 그러곤 다시 주전자를 들어, 멀어진 찻잔들을 밀어냈다.

"그러니까, 악을 우리가 대신해 주겠다는 말이다."

찻잔은 다시 나란히 붙었고, 찻주전자가 그 앞에 놓였다.

가느다란 손가락이 주전자의 손잡이를 매만졌다.

"너의 세상은 완벽해질 것이다. 절대적인 적이 있는 상황에서, 너는 군림할 것이며, 너의 정의가 세상의 법이 될 거다. 선과 악의 갈피에 선 자들은 절대 악의 앞에서 의와 협을 택하게 될 거다. 네 소중한 사람들은 정파 내에서 떠받들어질 테고, 너의 제자들과 자손들은 대대손손 신검을 수호하며 살아가겠지. 인간으로서 이보다 더 보람찬 인생을 보낼 수 있겠느냐?"

"그러니까…… 모든 정파인들을 속이고 나 혼자 비밀을 간직하면 그런 멋진 세상을 만들 수 있다는 거군."

정말 마신의 말처럼 될까.

지금 같아서는 그렇게 될 것 같았다.

남궁혁의 생을 한 번 되돌린 그다. 마신에게 불가능이 존재하긴 할까?

그의 말도 설득력이 있었다.

굳이 마교가 아니더라도, 삶은 언제나 전쟁이었다.

마교의 침입이 가시화되기 전, 각 문파와 세가의 알력 싸움이 물밑에서 벌어지는 건 일상이었다.

남궁장인가만 해도 몇 개의 문파, 세가와 암암리에 경쟁을 벌였다.

마교가 침입한 후라고 달랐던가?

제갈민과 남궁현암이 손을 잡고 맹주 대리를 차지하고,

그다음엔 맹주 도맹건이 세력을 등에 업고 돌아왔다.

자신의 뜻대로 세상을 주무르고자 하는 이들의 야욕은 끊임없이 부딪쳤다.

남궁혁도 마찬가지였다.

그 안에서 자신의 뜻을 관철하기 위해서 실력을 기르고 힘을 쌓았다.

적도 아군도 똑같다.

'내가 옳다'라고 외치기 위해 끊임없이 싸우는 것이다.

이런 갈등은 대체 언제까지 계속될까.

정의롭고 평화로운 세상이 오긴 할까?

마신과 손을 잡고 그런 세상을 만드는 것도 나쁘진 않지 않을까?

남궁혁도 마신도 원하는 바가 있다.

그들의 생각대로 세상을 다스리고 싶다.

허나 혼자로는 부족하다.

하지만 둘이면, 가능할지도 모른다.

아니, 가능하다.

남궁혁은 곰곰이 생각하다가 입을 열었다.

"마인들이 그 생각에 따를까? 마교천하라는 꿈에 찬물을 끼얹는 거 같은데. 아무리 당신이 마신이라고 해도 말이야."

"호오, 그렇게 생각하는 이유는 뭐지?"

마신은 정말 남궁혁과 손을 잡고 싶은 모양이었다.

기분이 나쁠 수 있는 질문을 던졌는데도 마신은 전혀 불쾌해하지 않고, 되레 남궁혁이 왜 그렇게 생각하는지를 묻고 있었다.

"내가 살아 있는 당장 몇십 년은 그렇다 쳐. 그 이후엔 어떨까? 마신이 있는데도 백 년 넘게 중원 통일을 못 한다면 마인들이 가만있을까? 당연히 내분이 일어날 텐데. 그러면 내 후계자와 당신의 밀월도 거기서 끝날 가능성이 높아. 아무리 마신의 힘이 강하다고 해도 말이야. 그걸 어떻게 믿고 내가 제안을 받아들이지?"

"예리한 질문이군."

마치 그 부분은 생각지 못한 것처럼, 마신은 진지하게 고개를 끄덕였다. 그러고는 눈을 감았다.

남궁혁이 의표를 찔러 이 동맹에 대해 다시 생각해 보기라도 하는 걸까?

지금 아쉬운 것은 전적으로 마신 쪽이었다.

스스로 천신이검을 거두는 걸 꺼려하는 걸 봐선, 아무래도 마신이나 마교가 천신이검을 가까이 하는 데 제약이 있는 게 분명했다.

자신을 이 세상에 존재케 한다고 해도 가까이에 있다면

그 힘이 약해진다거나 하는 제약 말이다.

그러니 이처럼 설득에 설득을 거듭해 남궁혁과 손을 잡으려고 하는 것이리라.

그런 상황에 놓인 마신이 먼저 내민 손을 거둘 리는 없었다.

마신이 두 눈을 떴다.

"어떻게 하면 네 불안을 종식시킬 수 있을까 생각해 보았다."

"뭔가 방법이 있는 건가?"

남궁혁이 물었다.

순간, 남궁혁은 빠르게 고개를 돌렸다. 인기척이었다.

문사복을 정갈하게 차려입은 한 중년인이 어둠 속에서 이쪽을 향해 다가오고 있었다.

실력은 그리 대단치 않았다. 절정 정도일까.

남궁혁은 중년인에 대한 경계를 거뒀다.

마신도 자신을 가만 내버려 두는데 고작 저 정도 실력의 중년인이 자신을 습격하겠는가.

과연, 중년인은 정자 위로 올라와 마신의 옆에 무릎을 꿇었다.

그러곤 찻주전자를 들어 남궁혁과 마신의 잔을 채웠다.

"이자가 누군지 알겠나?"

"누구지?"

남궁혁은 모르는 인물이었다.

지극히 평범하게 생긴 얼굴. 문사복을 입은 것을 보니 머리를 쓰는 자인가 싶었다.

"이자는 마뇌다."

"뭐……!"

"교의 두뇌지. 여러 지모를 짜내어 정파를 괴롭혀 온 이다. 네가 아끼는 모용가의 일도 이자가 꾸몄지."

남궁혁이 눈을 부릅뜨고 마뇌를 노려보았다.

마뇌는 표정 하나 변하지 않았다.

그의 눈은 허공에 고정되어 있었다. 마치 넋이 나간 사람같았다.

"네가 원한다면 이 자리에서 목을 베어 선물로 주마."

마신의 말이 떨어지기 무섭게, 마뇌는 자신의 품에서 단도를 꺼내 목에 갖다 댔다.

단도의 끝이 목을 파고들었다. 피가 주르륵 흘러나왔다.

남궁혁이 당황해 손을 뻗었다.

마뇌의 손목을 잡아챘지만 마뇌는 반드시 죽어야겠다는듯, 손가락을 움직여 단도를 더욱 목에 쑤셔 넣었다.

남궁혁이 그 손에서 단도를 빼앗았지만 마뇌는 벌어진상처에 손가락을 쑤셔 넣어 상처를 더 찢어 놓으려고 했다.

결국 남궁혁이 마뇌의 혈을 제압하고 나서야 마뇌는 더이상 움직이지 않았다.

눈알만 데굴데굴 굴리는 모습에는 삶에 대한 의지가 전혀 없어서 남궁혁은 소름이 돋았다.

마신은 그 일련의 과정을 빤히 바라보고만 있었다.

"이게 무슨 짓이야?"

남궁혁이 마신에게 버럭 소리를 질렀다.

"너야말로 무슨 짓이지? 왜 그자가 죽는 걸 막은 거냐? 네가 원하는 바일 텐데."

마신은 오히려 남궁혁이 이해가 안 간다는 듯 반문했다.

남궁혁도 스스로 왜 마뇌를 막았는지 잘 알 수 없었다.

마신의 말대로라면 마뇌는 남궁혁이 제거해야 할 자 중 하나.

반드시 죽음을 선사해야 할 대상이었다.

하지만 이런 방식은 아니었다.

게다가 마뇌의 그 눈.

남궁혁은 그 눈과 마뇌의 태도가 영 거슬렸다.

인간으로서 본능적인 찜찜함을 불러일으키는 태도였다.

자기 자신이 완전히 사라진 것 같은, 죽은 자나 강시에게서나 볼 수 있는 그 모습…….

"대체 이자에게 뭔 짓을 한 거지?"

"점점 눈치가 빨라지는군. 마음에 들어."

마신은 남궁혁에게 웃어 주고는 바닥에 벌레처럼 축 늘어져 있는 마뇌를 내려다보았다.

"지금 마뇌는 내게 종속되어 있다. 그는 죽고자 해도 내가 살아라 하면 살아야 하고, 살고자 해도 내가 죽어라 하면 죽어야 하지."

"……뭐라고?"

남궁혁이 느꼈던 섬뜩함의 정체는 바로 이거였다.

"마인이 되어 마공을 배우게 됐을 때, 그들은 모두 내 앞에서 한 가지 맹세를 한다. 바로 내게 몸과 마음을 바치겠다는 맹세지. 그에 따라, 나는 모든 마인들을 내 뜻대로 조종할 수 있다. 나의 세상이 아니므로 어느 정도 제약은 있지만, 네가 걱정하는 일을 벌어지지 않게 할 수준은 되지. 이 정도면 충분한 대답이 될까?"

마신의 말대로라면, 남궁혁이 던졌던 질문은 애초에 걱정할 거리도 아니었다.

마신이 마인 모두의 생각을 통제할 수 있는데 그들이 마신에게 무슨 의혹을 던지겠는가?

허나 남궁혁은 찜찜함이 남았다.

그 맹세를 할 때, 마인들은 정말 마신의 지배를 받을 거라고 생각했을까?

명령을 내리고 힘을 내려 주는 게 아니라, 진짜 몸과 마음을 아예 통제해 버릴 거라고 말이다.

　남궁혁의 복잡한 생각도 모르고 마신은 계속 말을 이어 나갔다.

　"비록 너는 나와 같은 능력을 갖지는 못하겠지만, 비슷한 방식으로 네 세상을 지배하게 될 거다. 모든 권력자가 꿈꾸는 궁극이라고 할 수 있겠지."

　"……그래, 비슷하겠군. 외부의 적을 빌미로 모두의 생각을 하나로 통일 시키는 방식이 말이야."

　"고민이 많은가 보군."

　"쉽사리 결정할 수 있는 얘기는 아니잖아."

　마신은 그런 남궁혁이 귀엽다는 듯 흐뭇하게 웃었다.

　머리에 손이라도 뻗어서 쓰다듬어 줄 것 같은 표정이었다.

　물론 남궁혁이 당장 쳐 내려고 할 테니 시도는 하지 않았지만.

　"너무 복잡하게 생각하지 말거라. 나는 이 중원의 여러 왕과 황제들을 봐 왔다. 그들 중 이와 같은 방법을 쓰지 않은 자는 단 하나도 없었지. 정도의 차이는 있지만 말이다."

　마신은 남궁혁의 고민을 덜어 주려는 듯 옛 얘기까지 꺼냈다.

남궁혁도 그 사실은 알고 있었다.

세가를 운영하게 되면서, 마냥 선하게만 사람들을 이끌수는 없다는 걸 알았으니까 말이다.

"대부분의 인간은 게으르고 스스로 생각하기를 싫어한다. 특히나 소인배의 그릇을 넘어서는 큰 뜻, 깊은 생각 같은 건 쳐다보기도 싫어하지. 그런 자들은 대신 생각하고, 선택을 내리고, 할 일을 정해 주는 자를 필요로 해. 그러면 다른 생각 안 하고 편하게 하나에만 몰두할 수 있으니 말이야. 그게 얼마나 평안을 주겠나. 우리는 그들에게 평안을 주는 거야."

마신의 설득에도 남궁혁의 입은 쉽게 열리지 않았다.

마신은 속으로 혀를 찼다. 하여간 대장장이 아니랄까 봐, 심줄이 무쇠 심줄이었다.

마신은 남궁혁이 상당히 정의롭다는 것을 알았다. 하지만 종국에는 자신의 뜻대로 될 거라는 것도 알았다.

그도 고작 인간에 불과하니까. 마신이 담금질은 열심히 해 주었으니, 이제 스스로 모양을 바꾸길 기다릴 수밖에.

"좋다. 충분히 숙고해 보도록. 네 대답은 해가 떠오를 때 듣도록 하지."

남궁혁은 정자 밖의 하늘을 바라보았다.

이곳에 쳐들어온 건 밤이었는데, 어느새 하늘이 희뿌옇

게 물들어 있었다.

해가 뜰 때까지 반 시진이나 남았을까.

선심 쓰듯 내준 시간은 참 길기도 했다.

남궁혁은 해가 떠오를 자리를 바라보며 생각에 잠겼다.

*   *   *

남궁혁이 생각에 잠겼을 시간. 마교의 본거지를 향해 달리던 팽천룡은 걸음을 멈췄다.

『누군가 있다.』

팽천룡이 전음을 날리자 앞서가던 은태림도 발을 멈췄다.

그는 주변을 두리번거렸다. 자신에게는 어떤 낌새도 느껴지지 않는 걸 봐선 상대가 상당히 멀리 있는 모양이었다.

『마인이야?』

『아마도.』

『이상하네. 아직 마인들의 영역이 아닌데.』

은태림이 알기론 여긴 마교의 수비 범위가 아니었다.

정파와 마교가 대치하고 있는 지역.

그들은 막 거기를 지나가고 있던 참이었다. 마교의 정찰일까?

『좀 이상하다. 마인인 거 같은데, 정파인의 기운이 느껴져. 민간인도 있는 거 같군.』

『뭐 조합이 그래?』

은태림이 미간을 찌푸렸다.

정찰대라면 주렁주렁 혹을 달고 나왔을 리가 없었다.

그렇다면, 설마?

『혁이가 한 놈 인질로 잡고 탈출하고 있는 거 아니야?』

『그럴 수도 있겠군.』

너무 멀어서 상대의 실력까지는 확실히 알 수 없었다.

하지만 충분히 가능성이 있는 얘기였다.

『가 보자.』

두 사람은 서둘러 몸을 날렸다.

얼마 지나지 않아 그들은 정체 모를 이들의 근처에 다다랐다.

그들은 이상할 정도로 걸음이 느렸다.

물론, 느리다는 것은 무림인의 관점에서였다.

민간인을 하나 데리고 있어서일까? 그들도 걸음을 멈췄다.

팽천룡과 은태림의 기척을 느낀 건 아닌 거 같았다.

다친 사람이 있는 모양이었다.

『저 검은 옷은 천마대야. 저 여인은 낯이 익은데…….』

은태림이 고개를 갸웃거렸다. 모용청경을 본 적은 있지만 모용세가와 교류가 많지는 않아 떠올리지 못했다.

워낙 고초를 겪은 탓에 낯이 초췌해진 데다 오면서 전투가 몇 번 있었는지 온통 피범벅이어서 알아보기가 힘들었다.

하지만 또 다른 여인, 흰 옷을 입고 있는 여인 쪽은 알아볼 수 있었다.

그녀의 얼굴은 처음이었지만 그녀의 독특한 복색에 떠오르는 사람이 하나 있었다.

문사복 같은 흰 옷을 즐겨 입는 남궁장인가의 총관 말이다.

『저쪽은 민 총관 같아. 그렇다면 나머지 둘은 누구지?』

천마대 복장을 한 자는 너무 작아서 남궁혁이라고 하기엔 무리가 있었다.

그렇다면 저들은 대체 누구인가?

저쪽에서도 이제야 두 사람의 기척을 눈치챈 모양이었다.

천마대원이 검을 빼 들었다.

팽천룡의 눈에 이채가 어렸다.

마치 아이나 쓸 것 같은 작은 검.

저 검을 최근에 한 번 본 일이 있었다.

『모용가의 두 소저군.』

『아, 맞다! 저 사람, 큰 모용 소저야! 저 천마대원이 작은 모용 소저인가? 왜 그녀에게서 마기가 느껴지지?』

그건 알 수 없었지만 상대가 적이 아님은 확실했다.

모용청연이 마기를 풍기고 있다고 해도 말이다.

그녀가 마교의 편이었다면 왜 지난번 팽천룡과 함께 마함천을 물리쳤겠는가?

계곡 위에서 기척을 숨기고 있던 팽천룡과 은태림은 세 사람의 앞으로 훌쩍 뛰어내렸다.

모용청연은 검을 단단히 쥐고 경계했지만 그들의 얼굴을 보는 순간 검을 늘어뜨렸다.

"오랜만이오."

"오랜만이네요."

팽천룡과 모용청연이 시선을 나눴다. 그러곤 바로 본 용건으로 들어갔다.

"혁이가 어디 있는지 아나?"

"우리를 탈출시키고 혼자 남았어요."

"혼자?"

"괴물이 따라붙어서 어쩔 수 없었어요."

그렇게 말하는 모용청연의 얼굴은 극히 어두웠다.

다른 두 여인도 마찬가지였다.

남궁혁을 뒤에 두고 도망치면서 그들이 얼마나 큰 죄책감을 가졌을까.

　"자세히 좀 얘기해 주시죠. 혁이가 정확히 어디 있는지, 그리고 거기 가는 데 거슬리는 것들, 가는 방법…… 아는 건 전부요."

　은태림이 나섰다. 길이나 잠입은 은태림이 훨씬 나았으니까.

　모용청연은 은태림에게 자신이 아는 것들을 빠르게 알려 주기 시작했다.

　그동안 팽천룡은 다른 두 여인에게 시선을 돌렸다.

　모용청경, 그리고 민도영.

　팽천룡은 민도영에게 가볍게 목례했다.

　길게 얘기를 나눌 상황이 아니었다.

　모용청경의 상태가 급속도로 악화되어 가고 있었으니까. 지혈을 했는데도 상처가 워낙 컸다.

　그녀도 나름 실력이 있는 무인이었는데 어쩌다 이렇게 다친 걸까.

　"저를 구하려다가 크게 다치셨습니다."

　민도영이 그 이유를 말했다.

　민도영은 지금 머릿속이 복잡했다.

　남궁혁은 그들을 도망치게 하기 위해서 인간이라고 생각

할 수 없는 자를 맞닥뜨리고도 뒤에 남았고, 모용청경은 본지 하루도 안 된 자신을 위해서 검을 휘두르다가 치명상을 입었다.

민도영의 걸음이 느린 탓이었다.

마인들은 삽시간에 그들을 따라잡았고, 모용 자매는 어떻게 되든 민도영만은 잡으려고 죽자고 달려들었다.

모용청연은 수십의 마인들에 둘러싸였고, 그녀를 지킬 수 있던 건 모용청경뿐이었다.

갑자기 마인들이 일제히 물러나지 않았더라면 모용청경은 그 자리에서 죽었을 것이다.

팽천룡은 서둘러 품을 뒤져 환약 하나를 꺼냈다.

알싸한 향이 나는 그것은 팽가의 비전으로, 팽가주가 소중한 아들에게 특별히 내린 것이었다.

아무리 목숨이 위험한 상황이라도 반 알만 먹으면 원기를 회복할 수 있었다.

팽천룡은 그 귀한 것을 반으로 쪼개어 모용청경의 입 안에 넣었다.

모용청경은 삼킬 기력도 없어 보였지만, 환약은 입 안에서 녹으며 조금이지만 목구멍 안으로 흘러들어 갔다.

벌써 효력이 나타나는지 모용청경이 힘겹게 눈을 떴다. 그러고는 환약을 마저 삼켰다.

그녀는 눈앞에 있는 팽천룡, 그리고 은태림의 얼굴을 보고 상황을 파악한 듯, 천천히 입을 열었다.

"……신기하네요."

"뭐가 말입니까."

팽천룡은 품 안에 있던 금창약 등 다른 약들을 꺼내 민도영과 함께 모용청경의 상처에 바르며 물었다. 모용청경이 피식 웃었다.

"우리 자매는 어릴 때, 어떤 세가의 암부들로부터 습격을 받은 일이 있어요…… 훗날 조사해 보니 그들은 팽가와 연이 닿아 있었죠."

"그런 일이 있었습니까."

"당신도 어렸을 때라 모를 거예요. 그때 혁이가 우리를 구해 줬죠. 그랬는데, 당신에게 도움을 받게 되다니……."

모용청경은 감회가 남달라 보였다.

언제나 적대시할 거라고만 생각했던 세가의 후계자였다.

모용청경의 실력에 대한 자괴감은 팽천룡에게서 기인한 바도 컸다.

자신이 아무리 해도 그를 넘어설 수 없으리라는 것을, 자신들이 습격당했던 것에 대한 복수를 할 수 없다는 것을 뼈저리도록 느끼게 만들었으니까.

그런데 이상하게도 지금은 그가 밉지 않았다.

묵묵히 금창약을 바르던 팽천룡도 입을 열었다.

"나도 모용가를 별로 좋아하지 않았습니다. 내 어머니는 모용의 손에 돌아가셨습니다. 정정당당한 비무의 결과이긴 했지만 말입니다. 그때 나는 열 살이었습니다."

모용청경이 탄식했다.

그렇다면 자신들이 공격을 받은 건 아내가 죽은 데에 대한 팽가주의 보복이었던 걸까?

그렇다면 그 비무는 또 무엇에 대한 보복이었을까.

뿌리 깊은 경쟁과 미움에 한탄이 절로 나왔다.

"하지만 이제 다 지난 일입니다."

팽천룡은 그렇게 말하며 모용청경의 상처에서 손을 떼었다.

어릴 때는 모용가를 미친 듯이 미워했다. 지금의 무뚝뚝한 성격은 그때의 일에서 기인한 바도 있었다.

하지만 이제 와 옛일을 탓해 무엇 하겠는가.

"천룡! 가자!"

은태림은 모용청연에게 모든 걸 다 들었는지, 팽천룡에게 달려왔다. 팽천룡은 고개를 끄덕였다. 그러곤 모용청경에게 말했다.

"부디 잘 도망치십시오. 당신이 죽으면 혁이가 꽤 상심할 겁니다."

"알았어요."

남궁혁이라는 한 명에서 비롯된 인연이, 오랜 앙금까지 씻어 버릴 줄 그 누가 알았을까.

팽천룡은 민도영에게 고개를 돌렸다.

"다음에는 남궁장인가에서 뵐 수 있었으면 좋겠군요. 혁이가 그토록 자랑하는 민 총관의 대접을 받는 날을 고대하고 있겠습니다."

"아, 알겠습니다."

팽천룡이 초면인 상대에게 이처럼 부드럽고 친절하게, 그리고 말을 길게 한 적이 없다는 걸 아는 은태림은 옆에서 피식 웃었다.

그리고 그들은 다시 각자의 길을 향해 달려갔다. 그들을 한 자리에서 만나게 한, 남궁혁을 위해서.

第五章
최후의 선택

　남궁혁은 어둠에 둘러싸인 산등성이를 보고 있었다.

　첩첩이 겹쳐져 있는 산세는 마치 잘 그린 수묵화 같았다.

　그 사이로 아침을 밝히는 빛이 부드럽게 피어올랐다.

　마신이 찻잔에 남은 마지막 찻물을 입에 털어 넣고 잔을
내려놓았다.

　탁—, 시간이 되었다.

　"슬슬 결정을 내릴 시간이 된 것 같은데."

　"이렇게 중요한 결정에 시간이 너무 짠걸."

　남궁혁은 시답잖은 얘기를 하듯 투덜거렸다.

　"며칠씩 고민해 봤자 답은 정해져 있으니 말이다."

"내가 당신과 손을 잡는 결론으로 말인가?"

당연한 말을 한다는 듯 마신이 빙긋 웃었다.

하지만 그의 웃음은 아까에 비해 빛이 바랬다.

슬슬 마신의 인내심이 바닥났다는 뜻이었다.

이 정도 얘기해 주었으면 남궁혁 쪽에서 먼저 손을 내밀 법도 했다.

이게 뭐라고 이렇게 시간을 끄는지.

인간과는 비교할 수 없는 존재인 자신이 이처럼 고개 숙이며 애걸하는 모습이 짜증스럽기도 했다.

하지만 어쩌겠나. 이렇게 판을 벌인 것은 자신이고, 그 끝에 더욱 달콤한 과실이 있다면 어쩔 수 없는 노릇인 것을.

과실이 익어 입 안으로 떨어지길 기다리는 것은 힘들지만 말이다.

"아니, 아무리 생각해 봐도 그건 아닌 거 같아."

결국 남궁혁의 입이 열렸다. 하지만 마신이 원하는 대답은 아니었다.

남궁혁이 고개를 돌렸다. 둘의 시선이 한 점에서 마주쳤다.

마신의 눈은 불쾌감으로 물들어 있었다.

남궁혁을 힘으로 압박하지 않으려고 눌러놓았던 마기가 스멀스멀 올라왔다.

남궁혁은 그런 마신을 정면으로 바라보며 한 글자 한 글자 또박또박 말했다.

"얘기를 듣는 내내 기분이 더러웠어."

"기분 좋을 만한 얘기는 아니겠지."

마신은 으르렁거리듯 답했다. 그는 아직까진 남궁혁에게 이빨을 드러내려고 하지 않았다.

얼마나 오랜 시간을 들여 왔던 일인가.

그 얼마나 큰 힘을 소모하면서까지 이루고자 했던 계획인가.

이제 와 남궁혁이 강짜를 놓았다고 쉽게 포기할 수는 없었다.

마신이 이를 악물고 참는 동안 남궁혁은 힘 있게 말을 이어 갔다.

"제일 불쾌했던 건 뭔지 알아? 내가 내 선택을 믿을 수 없었다는 거야. 내가 지금까지 해 온 것들이 내 의지인지, 네 녀석이 의도한 대로인지 말이야."

"그래서, 내가 의도하지 않은 대로 결정을 내리겠다 이건가?"

"그것도 있지만, 역시 난 그런 방식은 싫어. 내 주변의 소중한 사람들도, 그 밖의 다른 사람들도, 그 사람들의 의지대로 선택하고 삶을 살아가는 게 옳다고 생각하니까."

마신의 낯빛이 변했다. 전혀 예상치 못한 이유였다.

만약 남궁혁이 그의 제안을 거절한다면, 알량한 자존심이나 양심 따위 때문일 거라고 생각했다.

마신과는 손을 잡을 수 없다, 어찌 정파의 사람이 그럴 수 있겠는가 같은 변명 말이다.

그런 거라면 오히려 설득하거나 꺾을 수 있었다.

하지만 남궁혁의 대답은 마신이 전혀 생각지 못한 방향이었다.

"……의외군. 내가 알던 너라면 절대 거절하지 못할 거라고 생각했는데."

"네가 알던 나라면 그랬겠지. 하지만 지금의 난, 자기만의 방식으로 살아가는 아주 멋진 사람들을 알고 있거든."

남궁혁이 새벽의 어둠에 젖은 산을 보면서 떠올렸던 건, 바로 민도영의 얼굴이었다.

마신의 말대로였다.

남궁혁은 마신의 제안을 거절하지 못할 사람이었다.

민도영을 만나기 전의 남궁혁은 말이다.

그녀를 만났을 때 남궁혁의 나이가 몇이었더라.

민도영은 남궁혁이 처음으로 만난, 자신의 의지대로 세상을 사는 사람이었다.

그 의지를 세상이 고깝게 볼지라도 말이다.

여인이었지만 학문에 능했고, 이 나라를 위해 자신의 능력을 발휘하고 싶었던 사람.

때문에 남장을 하고 과거를 치렀고, 여인임이 들통 나 동기들에게 내돌려져도 꿋꿋하게 자신의 일을 했다.

끝내 낙향을 했지만 그녀는 자신이 선택한 것을 후회하지 않았다.

만약 그녀가 여타 다른 규중의 규수들처럼 세간의 시선을 의식하고, 그저 평범한 여인다운 삶을 살았다면, 남궁혁은 민도영은 만날 수 있었을까.

총관으로서 뛰어난 성취를 보였던 그녀의 멋진 모습을 알 수 있었을까.

지극히 사무적이지만 그 속에 따뜻한 성품이 담뿍 배어 있는 목소리에 가슴 떨리는 설렘을 느낄 수 있었을까.

민도영을 만나고 남궁혁의 많은 것이 변했다.

타인의 소리를 듣게 되었다.

다른 이들의 뜻을 수렴하고 모두를 생각하는 방향으로 나아갔다.

자신과는 다른, 때로는 이해할 수 없는 존재와 서로를 이해하게 되기도 했다.

개방의 장로 구걸, 처음 그를 만났을 때는 얼마나 투닥거렸던가?

그러나 결국 서로를 이해하고 한 발짝씩 양보함으로써 두 사람은 나이를 뛰어넘는 좋은 친구가 되었다.

남궁현암의 도가 지나친 결벽증이나 검에 대한 애정도 이해하기 힘들지 않았던가?

천화의원 천유는 또 어땠나.

남궁혁은 결국 그들 모두를 이해하게 되었다.

그렇게 변한 남궁혁이 또 다른 사람들을 변화시켰다.

무림에서는 인정받지 못하던, 모든 공동파 사람의 구박을 받던 나태영은 자신의 새로운 가능성에 눈을 떴다.

그는 숙수로서 최고의 영예인 황실 대숙수가 되었다.

은태림은 매화전장의 후계자를 넘어서 정보전에 발을 디뎠다.

팽천룡은 절대 자신과 함께할 수 없을 것 같은 마교의 신녀 주아흔과 마음을 나누었고, 그녀와 함께하기 위해 천하제일인의 길을 걷겠노라 다짐했다.

무엇보다 기린대가 있다.

고작 이삼류 무인에 불과했으나, 이제는 남궁혁을 믿고 자신들도 더 나아갈 수 있다는 신념을 가슴에 새긴 그들. 그들은 얼마나 엄청난 성장을 이룩했던가.

이런 남궁혁에게 이끌린 사람들도 있었다.

모용청연, 남궁옥. 그들도 자신의 뜻대로 자신의 인생을 개척하고자 한 여인들이었다.

제갈화영도 그랬다.

내일을 장담할 수 없는 몸이지만 자신의 뜻을 펼칠 수 있는 곳을 찾아 남궁혁을 선택했던 그녀였다.

민도영으로 인해 변하지 않았더라면 남궁혁이 그들과 만날 수 있었을까.

정말 자신의 뜻대로 인생을 사는 이 멋진 친구들과 자신의 인생을 함께할 수 있었을까?

남궁혁이 이룬 모든 것은 자신 혼자서 이룩한 게 아니었다.

그들이 있었기에 가능했다.

"당신의 제안을 수락하면, 나는 그 사람들의 얼굴을 똑바로 보지 못할 거야. 그건 싫어."

남궁혁은 쓰게 웃었다.

마신의 제안은 정말 매력적이었다.

허나, 마신의 손을 잡고 민도영의 얼굴을 당당히 볼 용기가 나지 않았다.

그건 민도영의 삶을, 그녀의 인생을 정면으로 부정하는 행위였다.

그녀의 뜻을 거스르고 자신이 뜻하는 대로 살아가도록 조종한다니. 남궁혁은 그럴 수 없었다.

“……고작 하찮은 정에 연연하다니. 네 그릇이 그것밖에 안 되었구나.”

“어쩔 수 없지. 그런 나를 선택한 당신의 안목을 탓해.”

남궁혁은 그렇게 말하며 자리에서 일어났다.

마신은 가만히 앉아 있었다. 마치 남궁혁을 그냥 살려 보내 주려는 듯 말이다.

하지만 남궁혁은 이 자리에서 순순히 살아 나갈 수 있을 거라고 생각하지는 않았다.

쌔액—

남궁혁이 검을 뽑았다. 그의 눈앞으로 날아온 찻잔을 튕겨 내는 소리가 요란했다.

마치 검강과 검강이 부딪친 것 같은 엄청난 폭발음이었다.

남궁혁에게 찻잔을 날려 보냈던 마신이 자리에서 천천히 일어났다.

“아무래도 내가 너를 너무 얕보았구나. 아니, 인간을 얕보았어. 그래, 인간은 변하지. 좋게든, 나쁘게든 말이야. 안타깝게도 내가 운이 없었구나.”

“고작 운 따위에 의존하다니, 마신도 별거 없네.”

“그러게 말이다. 그러니까 이젠, 운이 아니라 힘에 의존해 볼까 하는구나.”

순간 지축이 흔들리기 시작했다. 공기가 변했다.

마신의 몸에서 **빽빽한** 운무와 같은 시뻘건 마기가 흘러나오기 시작했다.

갑자기 하늘이 붉게 물들었다.

분명 해가 떠오르던 아침이었는데, 순식간에 저녁노을처럼 붉어졌다.

어디에 숨어 있었는지 수백의 마인들이 정자 주변에 나타났다.

아까의 마뇌처럼 흐리멍덩하니 초점을 잃은 눈동자.

하지만 붉게 타오르는 그 눈들에는 남궁혁을 향한 살기가 가득했다.

남궁혁은 천신이검을 단단히 붙잡았다.

이들을 상대로 과연 여기서 빠져나갈 수 있을까?

머릿속에서 계산이 바쁘게 돌아갔다.

일각이 안 되는 시간 동안 이들을 해치우고 도망칠 수 있는 가능성에 대해서.

피식 웃음이 나왔다.

말도 안 되는 얘기였다.

눈앞에 있는 자는 마신이었다.

마함천보다 더한 괴물이다.

그의 앞에서 일각 안에 도망치겠다고?

절대 불가능했다.

"안 되면…… 방법을 달리 하는 수밖에 없지."

남궁혁은 작게 중얼거렸다.

도망치지 않겠다면, 이기는 수밖에 없지 않은가.

"마음의 준비는 되었나?"

마신이 남궁혁에게 말을 건넸다.

이제 인생에 죽음밖에 남지 않은 자를 향해 베푸는 마지막 자비였다.

마신은 여전히 정자에 앉은 채, 투견장에 들어서는 곱게 기른 개를 보듯 다정히 말했다.

"아해야, 너의 말은 심히 감동적이었다. 각자 추구하는 바대로 살 수 있는 권리가 있어야 한다라. 내가 보아 왔던 중원의 무수히 많은 현자들에게서도 듣지 못한 말이었지. 허나 아해야, 너도 그 사실은 참으로 잘 알고 있으렷다. 자신의 뜻을 관철시키려면, 힘이 있어야 한다는 사실을 말이다."

지금껏 마신과 남궁혁이 해 왔던 얘기의 요체는 바로 이것이었다.

결국은 힘이다.

좋은 꽃노래도 사람들이 이를 듣게 하려면 힘이 필요하다.

남궁혁은 마신의 제안을 거절했다.

자신의 뜻대로 사람들을 지배하고 이끌자는 제안을 말이다.

대신 사람들이 각자의 생각대로, 뜻대로 살 수 있는 세상을 선택하겠다고 했다.

이 또한 남궁혁의 의지요, 뜻이었다.

이것에도 결국 힘이 필요한 것이다.

"자, 어디 한 번 네 뜻을 펼쳐 보거라."

마신의 말이 끝남과 동시에 수백의 마인들이 마치 굶주린 개처럼 남궁혁에게 달려들기 시작했다.

남궁혁도 지지 않았다.

그는 당장이라도 이 세상을 부술 것처럼 막대한 힘을 발출하기 시작했다.

천신이검의 힘이었다.

천신이검에 이 정도 공력을 쏟아 붓는다면 일각이 아니라 반 각 내에 남궁혁은 내공을 모두 소진하게 될 것이다.

짧은 시간 내에 모든 힘을 쏟아 부어 승리하고자 함일까?

효과는 있었다.

천신이검의 범위 안에 들어선 마인들은 마치 불에 뛰어든 부나방처럼 그 자리에서 푹푹 쓰러지고 말았다.

그들의 힘을 마신 재림 이전으로 되돌리는 것으로도 모

자라, 그들에게 깃든 마신의 힘, 즉 마기를 아예 소멸시키고 있는 것이었다.

이를 지켜보고 있는 마신의 눈살이 찌푸려졌다.

좀 전까지만 해도 아이와 놀아 주듯 여유롭던 표정도 사라졌다.

마인들이 스러지고 있어서가 아니었다.

부들부들 떨리며 엄청난 힘을 발출하는 천신이검 때문이었다.

그의 계획은 남궁혁을 죽이고 천신이검을 빼앗아, 쓸 만한 녀석에게 검을 맡기는 거였다.

하지만 천신이검에도 한계가 있다.

마신이 늘 지니고 다니는 마신검에도 한계가 있는 것처럼.

저렇듯 한 번에 엄청난 공력을 퍼부어 버리면 천신이검이라도 견뎌 내지 못할 것이다.

신이 깃들어 있다고는 하나, 결국은 한계를 가진 검이니까.

"설마⋯⋯!"

마신의 안색이 창백해졌다. 그는 자리에서 벌떡 일어났다.

남궁혁의 입가에는 미소가 걸려 있었다.

남궁혁은 지금 이 일전을 통해서, 천신이검을 부숴 버리려 하고 있었다.

사실 마신의 제안에 대해 마음의 결정을 내리는 것은 그리 오래 걸리지 않았다.

남궁혁이 반 시진의 시간 동안 고민했던 것은 마신을 이기는 방법이었다.

자신의 주장을 관철하려면 힘이 필요하다는 사실을, 남궁혁은 그 누구보다 잘 알고 있었다.

그 방식으로 새로운 삶을 살아왔던 그가 아닌가.

이를 위해서 마신을 이기는 건 필수 불가결.

고민한 끝에 나온 방법이 바로, 남궁혁 인생 최고의 걸작을 자기 스스로 부숴 버리는 것이다.

마신이 이 세상에 존재하기 위해선 천신이검이 필요하다.

그렇다면 반대로, 천신이검이 사라진다면 마신은 이 세상에 더 이상 발붙이고 있을 수 없다.

제물을 바쳐 버틸 수는 있겠지만, 스스로의 입으로 그렇게 말하지 않았나.

제물로는 한계가 있다고 말이다.

이게 바로 남궁혁이 마신을 이기기 위해서 선택한 방법이었다.

힘을 버림으로써, 힘을 가진다.

"네 이놈—!"

마신이 불호령을 내지르며 남궁혁에게 일장을 날렸다.

천신이검이 부들거리며 마신의 힘을 막아 냈다.

마신이 내지른 일장은 엄청났다.

남궁혁이 서 있는 일 장 반경을 제외하고는 깊은 구덩이가 파일 정도였다.

이에 휘말린 마인들은 찍 소리도 못하고 무(無)로 돌아갔다. 핏방울 하나도 튀지 않았다.

남궁혁의 심장이 미친 듯이 뛰기 시작했다.

이미 극도로 내공을 쏟아 부은 탓에 남궁혁의 온몸은 비명을 질러 대는 중이었다.

하지만 왜일까.

이처럼 예민해진 상태인데도 머리는 지극히 맑았다.

그 어린 날 외었던 대연심법의 구절들이 머릿속을 흘러 다녔다.

천신이검은 검이 삐걱대는 소리를 낼 정도로 쏟아 붓는 남궁혁의 공력이 마음에 드는지 오묘한 공명음을 내었다.

순간, 세상의 모든 것이 극도로 느리게 느껴지기 시작했다.

마신이 한 걸음을 내딛자 땅이 쩌억 갈라졌다.

지옥의 입구처럼 입을 벌리며 다가오던 그것은 남궁혁이 천신이검을 땅에 박자 더는 다가오지 못하고 파도처럼 흙무

더기를 토해 냈다.

이번에는 남궁혁의 차례였다.

그는 느릿하게 검을 내밀며 아무것도 없는 허공에 검을 내질렀다.

마치 살기라곤 전혀 없는 검무 같았다.

하지만 그 결과는 그리 소박하지 않았다.

잔잔하던 대기에 폭풍과 같은 기세가 생기더니, 그것은 곧 그들이 앉아 있던 정자와 남아 있는 마인들의 시신을 다 집어삼키고 마신에게로 향했다.

이어 남궁혁이 그 폭풍의 위로 뛰어올랐다.

천신이검을 머리 위로 곧추세우고, 그는 태산과 같은 일격을 내질렀다.

천천히, 그러나 하늘이 땅을 짓누르는 듯한 힘으로.

콰아앙—

벽력탄 수백 개를 동시에 터트린 것 같은 엄청난 소리, 산 하나가 통째로 비산하는 것 같은 파괴력.

천신이검과 마신검이 한 점에서 부딪치자 일어난 일이었다.

남궁혁은 뒤로 다시 물러났다.

마신도 마신검을 바로잡았다.

두 사람은 지금 전혀 다른 세계에 와 있었다.

그들의 움직임은 느릿느릿했지만, 이 모든 것이 찰나에 벌어진 일이었다.

남궁혁은 울컥 올라오는 토혈을 삼켰다.

방금 일격에 자신의 남은 공력 절반을 쏟아 부었다. 그 결과는 딱딱하게 굳은 마신의 얼굴이었다.

남궁혁이 원하던 것도 효과가 나타나고 있었다.

천신이검의 안에서 나는 쩍쩍 갈라지는 소리 말이다.

평범한 사람이라면 알 수 없었겠지만 무기를 잡기만 해도 그 내구도가 어떤지 알 수 있는 남궁혁은 천신이검의 끝이 그리 멀지 않았다는 것을 깨달았다.

남궁혁은 속으로 웃었다. 모든 것이 자신의 계획대로 되어 가고 있었다.

남궁혁의 공력만으로는 천신이검을 부수기에 무리가 있었다.

무인의 검은 내공을 보다 잘 발출할 수 있도록 만들어지는 것.

천신이검은 남궁혁이 혼신을 다한 검이다.

그런 검이 고작 화경의 공력을 받았다고 부서지겠는가.

진짜 목표는 마신이 전력을 다해 자신을 상대하려고 드는 것이었다.

검은 원래 다른 검과의 마찰을 통해 수명이 닳는다.

천신이검에 대적할 만한 검은 이 세상에 오직 마신검뿐.

남궁혁은 마신을 끌어들이기 위해 자신의 모든 공력을 천신이검에 쏟아 붓고 있는 것이다.

'하지만 역시…… 만만치 않군.'

남궁혁은 다음 공격을 가늠하며 마신을 힐끗 바라 보았다.

치열한 수 싸움이었다.

마신이라고 모를 리가 없었다.

자신이 공격을 가할수록 천신이검의 한계가 다가온다는 사실을 말이다.

그럼에도 마신이 나선 이유는 하나.

천신이검이 부러지기 전에 남궁혁을 제거하기 위해서였다.

이를 위해서는 천신이검을 상대해야만 했다.

단, 검이 부러지지 않을 정도로.

참으로 교묘한 함정이었다.

진퇴양난에 빠진 마신은 적당히 힘을 조절하면서, 동시에 압도적으로 남궁혁을 몰아붙여야 했다.

그냥 인간을 상대로 하는 것이라면 어려울 일도 아니었다.

하지만 상대가 천신이검을 들고 있다면, 얘기가 달라진다.

단 한 수.

어느 한쪽이 수 계산을 잘못하는 순간 승패가 갈린다.

부러지는 쪽은 어느 쪽일까.

천신이검일까, 마신검일까.

마신의 원대한 계획일까, 아니면 남궁혁의 의지일까.

남궁혁과 마신은 다시 한 번 서로를 향해 달려들기 시작했다.

*　　　*　　　*

콰아앙—

모용청연이 일러 준 장원 쪽에서 나는 무지막지한 굉음에 팽천룡이 눈을 찌푸렸다.

은태림은 저도 모르게 손으로 두 귀를 막았다.

"방금 뭐였어?"

은태림의 말이 끝나기가 무섭게 다시 한 번 굉음이 들려왔다.

그러고는 끊임없이 그 소리가 이어지기 시작했다.

두 사람은 마교가 근거지로 점령한 마을을 지나 장원으로 향하는 중이었다.

마을에 있던 민간인들은 놀라 후다닥 집 안으로 뛰어 들

어갔고, 마인들은 당황하거나 멍한 얼굴로 장원 쪽만 바라
보고 있었다.

『유성우라도 떨어지는 거 같네.』

도저히 말로 해서 서로의 목소리를 들을 수 있는 상황이
아니라 은태림은 전음을 건넸다.

상황이 심각하게 돌아가는 모양이었다.

『마기가 느껴지지 않는다.』

팽천룡이 굳은 얼굴로 주변을 돌아보았다.

그의 말에 은태림이 뭔 소리냐는 듯 이상한 표정으로 그
를 돌아보았다.

마기가 느껴지지 않는다고?

그렇다면 저 장원 안에서 미친 듯이 풍겨 나오는 저 불길
한 기운은 대체 뭐란 말인가?

친우들에 비해서 부족하다 뿐이지, 절대 스스로 실력이
모자라진 않다고 생각하는 은태림마저 심장이 벌벌 떨리게
하는 엄청난 마기 말이다.

저 정도라면 무림인은 물론이고, 아무것도 모르는 갓난
아이마저 힘을 느낄 수 있는 정도였다.

그런 마기를 코앞에 두고 마기를 못 느끼겠다고?

『우리 옆에 있는 자들 말이다.』

팽천룡이 그들 옆에 있는 마인들을 힐끗 가리켰다.

정말이었다.

은태림은 눈을 끔뻑거렸다. 그제야 그의 눈에는 망연자실한 마인들의 얼굴이 보였다.

그리고 마치 무공을 익히지 않은 평범한 사람 같은 그들의 기운이 느껴졌다.

『설마 마신이 그들의 힘을 거둬 간 건가?』

『가능성 있는 얘기다. 저 힘을 보면.』

팽천룡은 하늘로 솟구치기 시작한 붉은 마기를 보며 말했다.

인세에 저만한 기운이 존재할 수 있다는 것이 놀라웠다.

허나 더 놀라운 것은, 그에 대적할 만한 기운이 마기의 앞에 있다는 것이었다.

지난번 마함천과 천신이검을 든 남궁혁의 일전에서도, 이건 인간을 뛰어넘는 경지라고 느꼈건만.

현경의 경지에 발을 들였는데 아직도 자신이 우물 안 개구리나 다름없다니.

『서두르자.』

『알았어. 저 기운이 혁이인 거겠지?』

은태림도 거대한, 그러나 마기와 달리 맑고 청명한 기운을 느끼곤 말했다.

그 기운에선 익숙한 화산의 느낌이 났다. 화영수오단을

먹은 남궁혁의 기운이 틀림없었다.

그들이 망연자실한 마인들 사이를 빠르게 지나가는 동안
에도 장원 안에서는 엄청난 기운이 계속해서 충돌하고 있었
다.

장원은 이제 건물의 형체를 알아보기도 힘들었다.

두 개의 힘이 맞부딪치면서 생기는 파괴의 범위는 점점
넓어져 가고 있었다.

이게 고작 반 각도 안 되는 시간 동안 벌어진 일이라면
그 누가 믿을까?

하지만 그 끝이 점점 다가오고 있었다.

*　　*　　*

남궁혁은 공중에서 떨어져 부들거리는 다리로 겨우 땅에
착지했다.

검을 든 손에 힘이 빠져 몇 번이나 천신이검을 놓칠 뻔했
다.

상대는 역시 마신이었다.

그 짧은 시간 동안 남궁혁은 마신과 오백 합을 겨뤘다.

매 합마다 하늘이 울리고 땅이 꺼지는 듯, 경천동지할 싸
움이었다.

그 싸움에서 남궁혁은 점점 패를 잃어 갔다.

처음에는 남궁혁이 다소 우세했다.

기본 중의 기본, 자신의 몸에 배어 있는 가장 오래된 무공인 대연군림검을 펼치자 세상이 남궁혁의 뜻대로 움직였다.

하늘이 찢어지고, 벼락이 치고, 먹구름과 폭풍우가 몰려오고, 땅이 쩌억쩌억 입을 벌렸다.

그야말로 이 세상을 주관하는 신이 된 것 같았다.

이게 전부 검 한 자루로 가능한 일들이던가?

하지만 마신도 만만치 않았다.

남궁혁이 할 수 있는 건 그도 할 수 있었다.

그는 원래도 신이지 않았나.

마기는 남궁혁을 거듭 덮쳐 왔다.

이 싸움에서 버티는 것은 그리 좋은 전략이 되지 못했다.

그리고 남궁혁은, 결국 무릎을 꿇었다.

그는 검디검은 피를 한 사발이나 바닥에 토해 냈다. 무리하게 공력을 운용한 결과였다.

게다가 남궁혁의 몸은 이런 상태를 얼마 전에도 한 번 맛봤다.

머리가 핑핑 돌고 온몸이 경고성을 내질렀다.

또다시 눈앞에 죽음이 어른거렸다.

이제는 죽으면 끝이었다.

정말 끝.

그럼에도 남궁혁은 다시 한 번 일어섰다.

있는 대로 내공을 쥐어짰다.

목숨이 필요하다면, 그마저도 쥐어짰다.

이대로 내공을 못 쓰게 된다고 해도 상관없었다.

소중히 만들었던 단전이 말라붙은 연못처럼 쩌억쩌억 갈라졌다.

그렇게 모으고 모은 공력으로 남궁혁은 마지막 한 방을 날렸다.

이전과는 격이 다른 공격이었다.

검풍에 휩쓸린 모든 것들이 그 안으로 사라졌다.

이 세상에서 완전히, 사물의 존재 자체가 소멸되는 죽음의 바람이었다.

쩌억—

동시에 천신이검이 찢어지는 듯한 비명을 내질렀다.

이제 조금만 더 하면 천신이검의 수명은 끝나는 거나 다름없었다.

'조금, 조금만 더……!'

갑자기 엄청난 피로감과 무게감이 남궁혁을 짓눌렀다.

온몸에 천 근의 추를 달고 있는 것 같았다.

바윗돌에 짓눌린 손오공이 바로 이런 느낌일까.

천신이검을 손에 들고 있는 것조차 버거웠다.

아니, 이 육신을 입고 있는 것이 버거웠다.

무공을 익힌 이후 가볍게 날아다니던 남궁혁의 온몸은 물 먹은 솜처럼 무거워졌다.

정말 모든 공력을 한 방울도 남김없이 다 써 버린 것이다.

낭패였다.

설상가상, 마신이 비릿한 미소를 지었다.

이제 정말 끝이었다.

마신검이 남궁혁 최후의 공격을 휘감았다.

마신에게 향하면서 주변의 모든 것을 먹어 치웠던 바람이 검은 안개에 휘감겨 남궁혁에게로 다시 날아오기 시작했다.

느릿느릿하게만 느껴졌던 공격이 내공이 사라지자 어찌나 찰나와 같은지─

눈을 한 번 깜빡이는 순간, 검붉은 바람은 남궁혁을 집어삼킬 듯 눈앞에서 휘몰아쳤다.

그 때 남궁혁의 앞에 누군가의 그림자가 뛰어들었다.

남궁혁은 눈을 뜰 수가 없었다.

눈을 감고 있어도 엄청난 빛에 눈이 부실 정도였다.

태초의 무에서 이 세상에 태어날 때, 그때의 광휘가 이랬을까.

허나 이상했다. 분명 이 정도 빛이라면 엄청난 힘의 결과
일 터였다.

그런데 남궁혁의 몸은 멀쩡했다.

설마 벌써 죽은 걸까?

엄청난 압력을 견디지 못하고 혼백이 육체에서 빠져나가
버린 걸까?

그럴지도 몰랐다.

아까 남궁혁이 쏘아 보낸 검풍은 주변의 모든 것을 문자
그대로 먹어 치우며 마신에게 달려가지 않았던가.

모든 것을 무(無)로 되돌리는 힘.

그 힘에 휘감겼다면 지금의 기이한 상태도 이해가 갔다.

남궁혁은 이 땅에 더 이상 발을 딛고 서 있는 게 아닌 것
이다.

"야! 정신 차려!"

귓가에서 쩌렁쩌렁한 목소리가 들려왔다. 은태림의 것이
었다.

태림이 여길 왜?

남궁혁이 눈을 떴다.

눈이 멀어 버릴 것 같은 빛에 점령당했던 시야가 차츰차
즘 제 색을 찾았다.

은태림은 다급하게 남궁혁의 어깨를 흔들었고, 눈앞에는 한 명의 등이 보였다.

등도 보이고, 그가 들고 있는 한 자루의 도도 보이고, 그들의 앞에 펼쳐진 엄청난 기의 장막도 보였다.

"정신 들어? 튀자!"

은태림이 고함을 질러 댔다. 지금 그에겐 남궁혁에게 보이지 않는 것들이 보였다.

예를 들자면, 결정적인 순간에 남궁혁의 앞을 가로막아 죽음의 바람을 파훼한 팽천룡의 손에서 뚝뚝 흐르는 붉은 피라거나.

팽천룡이 끼어든 건 너무나 삽시간에 벌어진 일이었다.

은태림에게 무어라 언질조차 주지 않고 그는 막대한 기의 태풍을 도 한 자루로 막아 냈다.

그 대가로 도를 잡은 손이 너덜너덜해질 정도지만, 어쨌든 그는 천신이검과 마신검이 만들어 낸 그 파괴의 바람을 막아 냈다.

거기에 더해 일시적으로 마신의 공격을 막아 내는 거대한 도막(刀膜)까지 펼쳐 냈다.

화경의 무인들이 흔히 화살 공격 따위를 막을 때 펼치는 그런 단순한 기의 막이 아니었다.

팽천룡의 도막은 마신을 반구형으로 아예 덮어 버렸다.

자신과는 차원이 다른 힘을 잠시나마 가둬 버린 것이다.

은태림은 그런 팽천룡의 어마어마한 기술에 놀랄 틈도 없었다.

너무나 막대한 기가 오가는 이곳에서 은태림은 자신의 내공을 운용하기도 어려웠다.

거친 태풍의 눈 속, 바람 한 점 불지 않는 무풍지대에 들어선 느낌일까.

때문에 그는 전음도 포기하고 남궁혁에게 소리를 고래고래 지른 것이다.

은태림은 겨우 눈을 뜬 남궁혁의 팔을 붙들고 달리려 했다.

남궁혁은 대체 뭐가 어떻게 된 상황인지 알 수가 없었다.

팽천룡이 무인에게 있어 단전만큼이나 소중한 손을 내던지면서까지 자신을 구한 것도, 은태림이 내공도 쓰지 못한 채 자신을 붙들고 뛰려는 것도 제대로 인지하지 못했다.

단 한가지만은 확실했다.

그의 손에 아직 천신이검이 온전하게 들려 있다는 것이었다.

온몸의 기력을 상실한 이 상황 속에서도 남궁혁의 손은 천신이검을 단단히 쥐고 있었다.

마치 철을 녹여 망치질로 단단히 붙여 놓은 것처럼.

비록 내공은 바닥까지 긁어냈을지언정, 대장장이로서의 감은 그에게 말하고 있었다.

아직이라고.

그의 뜻을 관철하기엔 아직 멀었다고.

천신이검의 한계를 보려면 더 부딪쳐야 한다고.

하지만 어떻게?

남궁혁은 더 이상 힘이 없었다.

이 육신을 쥐어짠다고 해도 나올 힘이 없었다.

"빨리! 서둘러!"

일생일대의 순간이기에 그럴까.

다시 세상은 느릿느릿해졌다.

남궁혁의 사고가 지나치게 빠르게 돌아가는 걸지도 모른다.

그의 눈에 자신을 붙든 은태림이 들어왔다.

좋은 검수다.

남궁혁이나 팽천룡만큼의 실력을 갖추진 못했어도, 걸음마를 할 때부터 화산을 제집 드나들 듯 오고 갔고 더 자라 속가제자로 들어가면서 기초부터 탄탄하게 다진 그의 검은 분명 훌륭했다.

평소라면 천신이검을 맡길 수 있을 거라고 생각했을지도 모른다.

남궁혁은 다시 고개를 돌렸다.

여전히 그들의 도주를 위해 등을 보이고 서서 마신을 상대하고 있는 이가 보였다.

팽천룡.

그의 소매는 너덜너덜해지고 피가 튀고 있었다.

소매의 끝에는 그보다 더 너덜너덜한 도가 아슬아슬하게 매달려 있었다.

팽천룡의 도는 상당한 물건이다.

남궁혁도 감탄을 했을 정도의 도. 팽가의 가보.

그 정도 되는 도니까 마신의 힘을 이만큼이나마 막아 내고 있는 것이다.

저 손에 검이 들린다면 어떨까.

팽천룡은 명실상부한 실력자다. 하지만 그는 도를 쓴다.

천신이검을 쥐고 마신을 상대할 수 있을까?

스스로 남궁혁만큼은 검을 다룬다고 말했을지라도 말이다.

하지만 곧이라도 부러질 듯한 저 도보다는 낫지 않을까?

은태림은 깜짝 놀랐다.

마치 시체처럼 자신에게 이끌려 오던 남궁혁이 갑자기 멈춰 선 것이다.

그러곤 자신이 붙들고 있던 천신이검을 팽천룡을 향해

던졌다.

아무리 몸에 힘을 잃었어도 그 정도는 할 수 있었다.

마치 화살처럼 포물선을 그리며 날아간 검에 팽천룡이 빠르게 반응했다.

그의 왼손이 뒤도 돌아보지 않고 천신이검을 쥔 것이다.

알고서 반응했다기 보단 본능에 가까운 행동이었다.

정작 잡고 난 후, 팽천룡은 당황했다.

뒤에서 검이 날아오기에 잡았더니 남궁혁의 천신이검이었다.

팽천룡은 영문을 몰랐다.

이 검의 위력은 자신도 잘 알고 있었다. 하지만 자신에게 검이라니?

"부숴 버려."

팽천룡의 도막을 부수기 위해 마신이 거침없이 힘을 발산하고 있어 웬만한 소리는 그 소음 속에 생매장 당하는 이 상황.

신기하게도 남궁혁의 그 한 마디가 팽천룡의 귀에 박혔다.

팽천룡이 그의 말뜻을 알아들었을까?

하지만 더 한 마디를 내뱉기도 전에 은태림이 그를 잡아 당겼다.

남궁혁이 서 있던 자리에 파편과 같은 기의 덩어리가 커다란 구덩이를 만들며 폭발했다.

천신이검을 잡아채느라 팽천룡의 집중력이 잠시 다른 데로 향한 탓이었다.

그 기의 폭발을 이기지 못하고 남궁혁은 결국 기절했다.

은태림은 그를 둘러업고는 잽싸게 뛰었다.

맞닿은 등으로 남궁혁의 심장 박동이 점점 느려지는 것이 느껴졌다.

은태림이 더욱더 속도를 내었다.

빨리 이곳을 벗어나야 했다. 온갖 기가 꾹꾹 눌러 찬 이곳만 벗어나면 그도 신법을 발휘할 수 있었다.

은태림이 뒤를 돌아보지 않고 달리면 무림맹 본대까지 반 각 안에 도착하는 것은 일도 아니었다.

하지만 그때까지, 자신의 등에 업혀 있는 남궁혁의 몸이 버텨 줄까?

"이 멍청아! 네가 죽게 내버려 둘 줄 알아?! 나쁜 놈이 천룡한테만 잔뜩 짐을 들려 주고 말이야! 진짜 무거운 너는 내가 짊어지고 있다고! 나도 좀 믿어!"

남궁혁은 흐릿한 정신 사이로 은태림의 말을 들었다.

그리고 피식 웃었다.

아니, 웃었다고 생각했다.

그의 몸은 입꼬리를 끌어올리는 그 작은 동작을 하기도

버거울 정도로 지쳐 있었다.

어찌 믿지 않겠는가.

자신을 업고 달음박질을 하는 이 친구를.

스스럼없이 자신의 도를 버리고 우수에 천신이검을 쥐는 저 친구를.

남궁혁의 부탁을 위해 민도영을 데리고 뒤도 돌아보지 않고 달려간 그 친구를.

괜찮을 거다.

남궁혁은 그런 기분이 들었다.

비록 도를 쓰는 무인인 팽천룡에게 천신이검을 맡겼지만, 상세한 말 한마디 없이 그저 '부숴라' 라는 말만 남겼지만. 남궁혁은 팽천룡이 그의 뜻대로 잘해 줄 것이라는 믿음이 있었다.

팽천룡과 은태림이 안 왔으면 어쩔 뻔했을지.

아니, 남궁혁은 그들이 어떻게든 자신을 쫓아올 거라고 믿었다.

은태림은 추적의 대가요, 팽천룡은 마교의 소굴에 단신으로도 뛰어들 힘이 있었으니까.

그리고 무엇보다, 두 사람은 남궁혁이 그 우정을 믿어 의심치 않는 친구들이니까.

자신의 목숨보다도 서로에 대한 의와 협을 더욱 중시하

는 진정한 무인들이니까.

그들의 존재가 바로 남궁혁이 꽁꽁 숨겨 놓았던 비장의 한 수였다.

마신과는 너무나도 다른 길을 선택한 남궁혁이었기에, 마신은 가늠조차 할 수 없던 그 한 수.

혼자서는 불가능할지도 모른다.

하지만 자신의 뒤에 믿고 맡길 수 있는 사람이 있다.

역사는 늘 그런 식으로 이어져 오지 않았나.

홍수, 지진, 용암 분출, 외세의 침략과 온갖 전염병, 호환 마마에 이르기까지.

앞사람이 쓰러지면 뒷사람이 이어 나가며 방법을 구상하고, 뒷사람이 쓰러지면 그 뒷사람이 방안을 찾아내고, 그 뒷사람으로도 모자라면 여럿이 힘을 합하고.

모두의 인생 하나하나 홀로 이루어진 것이 없다.

산속에 틀어박혀 홀로 경지를 개척한 고수라 한들, 숨을 붙이고 살아 있는 것만으로도 먼저 살다 죽어 간 선배들 모두에게 빚을 진 거나 진배없다.

남궁혁이 선택한 것은 바로 그러한 길이었다.

오로지 힘으로만 이 세상을 살아가는 동물의 논리가 아니라, 바로 사람의 법도.

부모에게서 자식으로, 그 자식에서 또 그 자식으로 이어져 온 생존을 위한 길.

처절했기에 더더욱 값진 길.

남궁혁은 비로소 웃었다. 마지막 힘을 다한 웃음이었다.

사람으로서도, 장인으로서도 후회 없는 선택이었다.

자신이 만든 최후의 걸작.

다시는 저런 검을 만들지 못할 것이다.

그런 검을 망설임 없이 건넬 수 있는 무인이 있다는 것이, 자신이 그만큼 믿을 만한 사람이 있다는 것이, 그리고 그 무인이 제 주력인 도를 버리고 검을 쥘 정도로 장인으로서의 남궁혁을 믿는다는 것이.

대장장이로서 이보다 값진 일은 없을 것이다.

은태림이 남궁혁을 업고 그 기로 밀집된 지역을 빠져나온 순간, 엄청난 폭발이 마교의 근거지를 집어삼켰다.

훗날 제 2차 정마전쟁을 기록한 문헌에는 이 격돌이 정파의 운명을 결정지은 마지막 싸움이라고 적히게 된다.

팽가의 소가주 팽천룡은 남궁혁에게 건네받은 천신이검에 현경의 공력을 쏟아부었으며, 그 순간 도무지 인세의 것이라고는 믿을 수 없는 힘을 자유자재로 부릴 수 있게 되었다고 회고했다.

자신이 든 것이 평생을 수련해 왔던 도가 아닌 것은 더이상 중요치 않았다.

팽천룡은 어쩌면 그때 자신이 누린 힘이 모든 무림인의 꿈인, 무의 궁극일지도 모른다고 덧붙였다.

은태림의 신호탄을 보고 부랴부랴 출발한 정파 본대도 이 싸움을 멀리서나마 지켜볼 수 있었는데, 최고위 고수들이 모인 본대에서도 처음엔 차마 이 싸움에 끼어들 엄두를 내지 못했다고 한다.

남궁혁을 업고 도주한 은태림과 만나 안의 상황을 알게 되고 나서야 조금이라도 힘을 거들기 위해 뛰어든 것이다.

기의 폭풍이나 다름없는 그 안에 진입한 것은 정파 최고수 삼백여 명.

그들을 기다리고 있던 건 이지를 상실한 천강시처럼 민간인들의 시신을 뜯어먹고 있는 마인들이었다.

이 부분은 한 때 마교의 신녀였던 주아흔에 의해 설명되었는데, 그녀는 마신이 갑자기 마기를 회수한 상황에 거대한 기의 흐름에 휩쓸리면서 마인들에게 주화입마가 온 것이 아닐까 추측했다.

때문에 미치광이가 되어 타인의 살점, 즉 생기를 조금이라도 섭취하고자 한 것이 아닐까 하는 것이 그녀의 생각이었다.

그들은 무림맹 고수들에게도 달려들었지만 이미 판단력을 상실한 이상 맹의 상대가 아니었다.

한 때 중원을 두려움에 떨게 했던 마인들의 목은 그렇게 하나둘 바닥에 떨어져 나뒹굴었다.

그렇게 덤벼드는 마인들을 전부 쓰러트렸을 때, 힘이 집중된 중심에서 믿을 수 없는 폭발이 일어났다.

그 기의 폭발로 인해 삼백여명의 무인 중 백여 명이 흔적도 없이 사라질 정도였다.

삽시간에 고수들 절반을 잃은 맹은 망연자실했지만, 자신들이 승리했다는 것을 확인하기까지는 그리 오래 걸리지 않았다.

백 장 너비의 구덩이 속에 눈을 빛내며 홀로 서 있는 자.

그것은 팽천룡의 모습이었다.

마신이 몸을 빌렸던 마헌은 온데간데없었고, 마신검도, 그리고 천신이검도 이 세상에 더 이상 존재하지 않았다.

정마전쟁을 다룬 대부분의 기록은 여기까지만 서술되곤 했다.

허나 오로지 팽가와 남궁장인가에만 존재하는 두 개의 문헌에는 그 뒤로도 수십 장에 걸쳐 한 사람에 대한 이야기를 기록했다.

바로 이 정마전쟁의 끝을 낸 진정한 무인, 남궁혁에 대해서였다.

　　　　　　＊　　　　　＊　　　　　＊

　마신이 이 세상에서 흔적도 없이 사라지고 이성을 상실한 마인들을 정리할 때까지 몇 달이라는 시간이 소요되었다.

　그 사이 무림맹은 맹의 체계를 바로잡고 변절자들을 처리했다.

　변절자들이란 주로 마교의 영역 안에 들어가 그들에게 협력했던 중소문파들을 일컬음이었다.

　이번 전쟁을 통해 명실상부한 무림맹주가 된 남궁현암은 그들에게 가급적 아량을 베풀었다.

　마교의 편에 붙어서 마구잡이로 힘을 휘둘러 댄 이들은 멸문을 면치 못했지만, 문파원의 안위를 위해 어쩔 수 없이 굴복하거나 굴복한 척한 중소문파들은 어쩔 수 없었던 상황을 참작 받았다.

　마교의 압박에도 저항을 멈추지 않았던 이들은 맹 차원에서 큰 포상을 내림과 함께 무림 전역에 그 정의로움을 널리 알렸다.

　그런 이들의 중심에는 남궁장인가가 있었다.

　섬서 북쪽, 남궁장인가의 영역은 그들 외에도 작은 중소문파와 세가가 힘을 합쳐 전쟁의 끝까지 마교에 저항했다.

특이한 점은 평소 무림의 영역에는 관여치 않으려고 하는 관과, 가급적 모른 척 피하려고 하는 민간인들이 남궁장인가에 힘을 더했다는 거였다.

이 이례적인 사건은 훗날 황제에게까지 보고가 올라갔다.

그 상황의 중심에 전 한림원 학사 민도영이 있다는 사실을 알게 된 황제는 뛰어난 인재가 어찌 그런 식으로 낙향하게 그냥 두었냐며 한림원 전체를 엄히 꾸짖었다.

그러면서 민도영을 탐내어 한림원 대학사 자리를 은근히 권하는 서신을 보내었으나, 그녀는 아직 이곳에서 할 일이 남아 있다며 황제의 청을 정중하게 거절했다.

남궁장인가만큼이나 주목을 받은 곳이 또 하나 있었는데, 바로 모용가.

마교와 손을 잡았다는 불명예를 등에 업고, 의협의 죽음을 기리며 삼베로 된 흰 무복으로 온몸과 얼굴을 가린 채 정마대전의 전선 여기저기서 큰 역할을 한 그들을 가장 먼저 언급한 것은 바로 팽천룡이었다.

"한 번의 실수가 영원히 그들을 규정할 수는 없습니다. 그들에게 만회의 기회를 주어야 한다고 생각합니다."

정마대전의 논공행상을 다루는 자리에서 팽천룡은 가장 먼저 모용가와 모용청연의 얘기를 꺼냈다.

당연히 갑론을박이 일었지만 팽천룡과 은태림, 그리고 맹주 남궁현암이 그들의 죄를 묻어 버리는 쪽으로 여론을 끌고 갔다.

그리고 결국 모용가의 죄를 덮는 쪽으로 결론이 났다.

결정에 가장 큰 영향을 미친 것은 바로 모용청연의 존재였다.

마교와의 동맹에 끝까지 반대하며 가주인 아버지에게 반기를 들었고, 살아남은 자들을 설득해 비밀리에 마교에 대항하는 활동을 펼쳤다는 점이 많은 사람들을 설득했다.

또한 마함천을 쓰러트리는 데 일조했다는 점도 크게 작용했다.

정마대전의 처음부터 끝까지 끊임없이 맹을 괴롭혔던 흑마적들은 의외의 반전을 맞았다.

바로 인생의 반전 말이다.

금위군이 흑마적들을 상대하러 출전하고, 마신이 쓰러질 때까지 흑마적들은 과반수 이상이 금위군의 칼 아래 죽음을 맞이했다.

하지만 약 삼천 정도의 흑마적들은 그 난전 속에서 성장하며 금위군들의 공격을 끝까지 버텨 냈다.

독하기로 따지면 그 어떤 무림인에도 뒤처지지 않을 금위군들마저 혀를 내두를 정도였다.

금위군 내부에서는 그 재능을 아깝게 여기는 이들도 있었다.

상대는 분명 산골 무지렁이들이었다.

무에 대한 잠재력을 갖고 있었으나 불운하게 누구에게도 발견되지 않았던 이들.

그런 그들이 마신의 힘을 만나 그 싹을 틔우고 목숨이 오고 가는 실전을 통해서 꽃을 피웠다.

운이 좋았다면, 어쩌다 지나가는 고수의 눈에 띄었다면 정파나 황실의 고수로 성장했을 이들.

허나 불운하게도 마교가 대패하고 그들이 가진 힘은 봄날의 꿈이었던 것처럼 사르르 사라져 버렸다.

어찌할 바를 모르던 그들의 앞에 선 건, 황실 대숙수이자 이번 금위군의 원정에 조언자로 따라붙은 나태영이었다.

금위군들은 무림과 연이 있긴 하지만 나태영만큼 무림의 실정에 대해서 잘 알지는 못했으니까.

나태영이 있음으로 해서 맹과 연락을 주고받기도 편했다.

그런 그가 흑마적들의 앞에 선 것이다. 그리고 그들을 설득했다.

평생을 가던 길이 아닌 다른 길을 택해 본 경험이 있었기에 가능한 일이었다.

통령들은 어찌 이 나라에 반기를 들었던 자들을 받아들일 수 있겠느냐 날뛰었지만, 황제는 그들을 군에 편입시키자는 나태영의 청을 받아들였다.

고수가 될 수 있는 가능성을 지닌 자들이 자그마치 삼천이다.

이미 한 번 고수의 경지를 맛본 삼천.

잠재력을 가진 어린아이들을 몇십 년 동안 길러 내는 것보다 훨씬 빠르게 병력 증강을 이룰 수 있는 방법이었다.

나태영의 서신을 받은 황제는 무림에서 자신에게 복덩이를 보내 주었다며 체통에 맞지 않게 콧노래를 흥얼거리기까지 했다.

큰일들이 일단락되고 중원의 정세가 평안을 되찾을 무렵, 또 하나의 큰 사건에 대한 소문이 무림 전역에 퍼졌다.

이번 정마대전의 주역, 마함천과 마신을 쓰러트림으로서 사실상 천하제일인으로 평가받고 있는 팽천룡이 혼인을 선언한 것이다.

그 상대가 평범하다면 그렇게 화제가 되지도 못했으리라.

허나 마교의 전 천마신녀 주아흔과의 결혼이라면 얘기가

좀 달랐다.

자고로 세상에서 제일 재밌는 이야기가 싸움 구경과 불구경이 아닌가.

불타오르는 젊은 남녀의 연정과 그로 인한 갈등은 세상에서 가장 재밌는 볼거리라 할 수 있었다.

주아흔을 소개받은 팽가주가 뒷목을 잡고 쓰러졌다는 소문이 담벼락 너머로 흘러나왔다.

동시에 아무리 그래도 마인이었던 사람을 가족으로 들일수는 없다는 강경파와, 마교를 배신하고 도망친 데다가 정파의 승리에 큰 도움을 준 사람이고 저 팽천룡이 반대를 무릅쓰며 혼인하고 싶다는데 그냥 하게 하자는 온건파가 매일같이 치열하게 논쟁을 벌이는 모습이 하북 곳곳에서 발견되었다.

그저 일가친척 간의 논쟁에 불과했던 이 일은 점점 중원 전역으로 퍼져 나가서, 무림인은 물론 무림에 좀 관심이 있다 하는 이들도 한 번은 입에 올리는 주제가 되었다.

상황이 이쯤 되자 팽천룡은 과감한 선택을 했다.

바로 주아흔과 함께 도망을 친 것이다.

젊은 남녀가 집안의 반대를 무릅쓰고 도망치자 이 일은 더 화제가 되었다.

천하제일인이 작정하고 한 도주를 과연 누가, 어떻게 찾을 것인가?

뒤로 넘어갔던 팽가주가 벌떡 일어나 두 사람을 찾으라고 고래고래 소리를 질렀다.

모든 정보 문파가 팽가의 의뢰를 받아 정신없이 돌아다니기 시작했다.

그 와중에 한 정보 단체가 팽천룡의 소재를 알고 있다는 소문이 퍼졌다.

정마대전이 끝나고 갑자기 이름이 퍼지기 시작한 그곳의 이름은 바로 매은각.

화산의 영역인 서안에서 간 크게도 독자적인 세력을 구축하고 있는 정보 단체였다.

하지만 매은각은 팽천룡의 소재를 아무에게도 알려 주려고 하지 않았다.

거듭되는 거절에 팽가주가 수레 몇 대에 금을 실어 매은각주를 만나러 갔지만, 매은각주는 팽가주와의 독대도 거절할 정도였다.

하지만 대리인을 통해 수레의 금을 받고는 대략적인 위치를 알려 주었다.

팽가주는 반신반의하면서 그가 일러 준 곳을 찾아갔다.

그곳에서 그는 정말로 팽천룡을 찾아냈다.

저 멀리 달려가는 팽천룡과 주아흔의 뒷모습만 겨우 봤

을 뿐이지만 말이다.

그 뒤로 매은각주는 팽천룡에 대한 그 어떠한 정보도 판매하지 않겠다 선언했다.

천하제일인의 미움을 사는 일은 그 역시 두려운 법이니까.

하지만 아무도 찾지 못했던 그의 행적을 찾아낸 매은각이라는 새로운 정보 단체의 이름은 각 문파와 세가의 머릿속에 단단히 각인되었다.

그리고 정마대전으로 인한 그 수많은 논란들이 가라앉을 때까지, 남궁혁은 깨어나지 못했다.

*   *   *

새벽녘 눈을 뜬 주아흔은 자리에서 일어났다.

지난 밤 옆에서 잠들었던 팽천룡은 벌써 수련을 하러 나갔는지 자리에 없었다.

그녀는 산책을 할 겸 방을 나섰다.

주아흔도 수련을 할 수 있다면 좋겠지만, 마신의 힘이 사라진 후 그녀는 더 이상 무공 수련을 할 수 없는 몸이 되었다.

더 이상 기를 느낄 수 없는 범인이 되었지만, 산에서 내려오는 차가운 바람이 맑디맑다는 것은 느낄 수 있었다.

그 서늘한 공기 속에서 주아흔은 저쪽에서 걸어오는 한 여인을 발견했다.

정갈하게 차려입은 흰 옷만 봐도 상대가 누군지 아는 건 어렵지 않았다.

"민 총관, 이 새벽부터 어딜 가시나요?"

주아흔이 민도영에게 인사를 건넸다.

팽가주의 반대에 그들이 도망친 곳은 바로 섬서 북쪽, 남궁장인가였다.

정마대전이 끝난 이후 남궁장인가는 손님을 받지 않고 사실상 봉문에 가깝게 운영되고 있었다.

지난 전쟁에서 많은 무인과 장인들이 죽어 나간 탓도 있었지만, 실질적 가주이자 정신적 지주인 남궁혁이 몇 달이나 자리에서 일어나지 못하고 있는 것이 컸다.

외부인을 일체 엄금하니 여기 숨어 있는 두 사람을 남들이 알아차릴 수 있을 리 없었다.

남궁장인가 사람들은 다들 입이 무거웠고, 몸을 숨길 곳이 마땅치 않은 두 사람을 환대했다.

팽천룡은 남궁혁의 친구였고, 세가의 가족인 천유의 형이었다.

게다가 그와 함께 정마전쟁에서 싸운 전우이기까지 하니

외부인으로 대하는 건 말이 안 되는 일이었다.

남궁혁이 깨어 있었어도 당연히 두 사람을 남궁장인가로 초청했을 게 빤했으므로 민도영은 두 사람에게 최선을 다하려고 노력했다.

"안녕하세요, 주 소저. 소가주께 미음을 드리러 가는 길입니다."

과연, 가까이 다가온 민도영의 손에는 작은 소반이 들려 있었다. 손수 끓인 것이 분명한 미음은 식지 않게 비단 천에 덮여 있었다.

"같이 가도 될까요? 소협께 인사도 드릴 겸 해서요."

"괜찮습니다. 가시지요."

두 여인은 남궁혁의 처소로 향했다.

방 안에 들어서자 진한 약 냄새가 풍겼다.

마신과의 일전에서 자신의 모든 힘을 쏟아 낸 남궁혁은 정신을 차리지 못한 채 숨만 겨우 붙어 있었다.

뒤늦게 소식을 알게 된 남궁혁의 지인들이 온갖 영약을 보냈지만, 이미 때가 늦어 별다른 효력을 발휘하지 못했다.

그래도 남궁장인가의 주치의 천유는 남궁혁의 상태가 나쁘진 않다고 했다.

그는 남궁혁이 언제고 깨어날 수는 있으나 시간이 다소 걸릴 뿐이니 다들 여유를 가지라 했다.

그러나 기다리는 사람의 입장에선 몇 달이 지나고 일 년이 다 되어 가는 시점에 불안하기 그지없을 뿐이었다.

민도영은 내색하지 않고 남궁혁의 입에 부드러운 미음을 한 숟갈씩 흘려 넣었다.

"소협께서 정말 대단한 일을 하셨어요."

주아흔이 그 모습을 보며 나직이 말했다.

"저는 어렴풋이나마 마신의 뜻을 알고 있었답니다. 비록 자세히 알지는 못했기에 함부로 말할 수는 없었지만……마신이 소협을 눈여겨보고 있다는 걸 알 수 있었지요. 아마도 소협과 손을 잡으려고 했을 거예요. 모용세가와 손을 잡은 것과는 달리, 좀 더 교묘하게 말이에요."

"하지만 거절하셨겠지요."

민도영은 주아흔의 말을 들으며 답했다.

"맞아요. 잘 아시네요."

"소가주가 어떤 분인지 알고 있으니까요."

민도영은 옅은 미소를 띠우며 마저 미음을 흘려 넣었다.

주아흔은 그녀의 말간 얼굴을 보며 참으로 대단한 사람이라는 생각을 했다.

그녀는 얼마 전 황제의 제안을 거절했다.

무려 한림원의 대학사 자리를 주겠다는 제안을 말이다.

민도영은 고민의 여지도 없다는 듯 바로 거절의 서한을

쓰려고 했었지만, 되레 가족들의 반대에 부딪쳐 그러지 못했다.

바로 남궁혁의 아버지와 어머니의 반대였다.

민도영이 진심으로 잘되기를 바랐기 때문이었다.

그들은 그녀가 한 때 세상을 향한 원대한 꿈을 꾸었다는 사실을 알고 있었고, 이번 기회가 다시 오지 않을 절호의 기회라는 것도 알고 있었다.

자신들이 남궁혁을 돌볼 테니, 너는 꿈을 향해 달려가라는 제안에도 민도영은 단호했다.

"저는 그분의 정인입니다."

단호한 선언과 함께 민도영은 더 이상 이에 대한 말을 하지 말라며 못을 박았다.

두 사람의 관계에 대해서 둘 중 하나가 말을 꺼낸 것은 이번이 처음이었다.

그만큼 민도영의 의지를 보여 주는 말이기도 했다.

그 뒤로는 아무도 이에 대한 말을 꺼내지 않았다.

이윽고 민도영이 들고 온 미음 그릇이 비었다.

민도영은 남궁혁의 입가를 손수건으로 닦아 냈다.

그 순간, 남궁혁의 입술이 움찔했다.

남궁혁의 입술에 닿아 있던 민도영의 손가락이 떨렸다.

눈꺼풀이 천천히 들어 올려지고, 맑은 눈동자가 드러났다.

"소가주."

민도영의 목소리는 차분하고 침착했다.

하지만 분명 그 목소리는 풀잎 끝에 매달린 빗물처럼 바르르 떨리고 있었다.

남궁혁의 팔이 천천히 올라갔다.

몇 달간 움직이지 못했던 팔을 움직이는 건 마치 태산을 움직이는 것과 같은 노력이 필요했다.

구슬땀을 흘리며 손을 뻗은 그는 민도영의 눈가를 살며시 쓸었다.

민도영이 그 손을 조심스럽게 부여잡았다.

"나, 잘했어요?"

남궁혁은 잘 움직여지지 않는 입을 열어 그렇게 첫 마디를 내뱉었다.

정신을 잃은 내내 오로지 한 가지 생각만을 했다. 과연 자신의 선택이 옳은 것이었을까 하는 생각.

때문에 눈을 뜨자마자, 민도영이 보이자마자 그 질문이 튀어나왔다.

정파와 마교가 어떻게 됐는지 같은 건 물어볼 필요도 없었다.

익숙한 자신의 방과 민도영의 매무새만 봐도 정파가 이겼음을, 그들이 평화를 되찾았음을 알았으니까.

궁금한 것은 오로지 그것뿐이었다.

자신이 민도영을 생각하며 결정한 선택이 옳았는지.

민도영은 남궁혁의 질문이 무엇을 뜻하는지도 모른 채 그저 고개를 끄덕였다.

그 어떤 선택이든, 남궁혁이 한 것이라면 옳다는 듯이 말이다.

두 사람은 서로의 눈동자에 빠져들 듯 그렇게 한참을 바라보고 있었다.

그러다 두 사람의 모습이 포개졌다.

주아흔은 조용히 자리에서 일어나, 시선을 바닥으로 둔 채 그들을 못 본 척하고 방문을 나섰다.

*   *   *

정마대전이 끝나고 십오 년 후.

남궁장인가의 넓은 연무장에서는 한 소년이 무릎을 꿇은 채 손을 하늘 위로 번쩍 들고 벌을 서고 있었다.

그 앞에서는 여인의 티가 나기 시작한 소녀가 서릿발 같은 목소리로 소년을 꾸짖고 있었다.

"넌 이제 열 살이나 된 애가 왜 그렇게 철이 없는 거니? 이 누나가 낯이 뜨거워서 아버지를 볼 수가 없더라!"

소녀는 답답하기 짝이 없다는 듯 주먹으로 제 가슴을 퍽 퍽 쳤다. 한숨이 절로 나오기까지 했다.

소녀의 이름은 남궁설화.

섬서 북쪽의 패자 남궁장인가 가주의 첫째로, 그 어미를 닮아 단아한 미모를 지녔지만 아비의 저돌성과 대담함을 쏙 빼닮은 아이였다.

항간에서는 벌써부터 호랑이와 같은 여걸이 나타났다며 난리를 피우는 후기지수 중 하나이기도 했다.

그런 그녀의 앞에서 호된 꾸지람을 듣고 있는 열 살배기 소년은 소녀의 동생인 남궁천우.

누나에 비해 약삭빠른 면모가 있지만, 젊을 적 한림원 학사를 지냈던 어미를 닮아 머리가 비상한 것으로 정평이 나 있었다.

때로는 얄밉게 느껴지는 남궁천우의 행동들을 보곤 그들의 조부인 남궁규원은 '혁이가 어릴 때와 똑같다.' 라고 평하기도 했다.

그런 천우가 누나인 설화에게 혼이 나는 것은 예삿일이었다.

하지만 설화의 표정은 평소와 달랐다.

그녀의 검도 진지했다. 벌을 서기 전, 천우는 설화와 대련을 하면서 검면으로 수십 대를 얻어맞아야 했다.

그 이유인즉슨, 천우가 아버지인 남궁혁에게 큰 무례를 저질렀기 때문이었다.

"우린 아버지와 같은 무인에게 무공을 배우는 걸 영광으로 알아야 해. 우리가 아버지의 자식이라는 이유만으로 모든 걸 베풀어 주고 계시잖니. 우리는 상상도 못할 경지까지 올랐던 분이라고. 그런 아버지께 어떻게 그러니?"

"그치만, 아버진 검기조차 못 쓰잖아."

설화의 잔소리에 천우가 입술을 삐죽거리며 말했다.

천우의 표정이 말하는 것은 분명했다.

자신보다 뛰어나지 않은 아버지에 대한 반발과 반항심이었다.

"너 또!"

설화가 검을 검집 채로 휘둘렀다.

절대로 맞대응을 해선 안됐기에 천우는 그대로 둔탁한 공격을 맞아야 했다.

아야야—, 소리가 나와도 저걸 피했다간 두 배, 세 배로 맞을 것이 분명했으니까.

시원하게 한 방을 날렸지만 설화의 심경은 복잡했다.

보통 천우 또래 남자애들은 아버지를 동경하지 못해 안달인데, 얘는 왜 이럴까?

천우라고 처음부터 그랬던 건 아니었다.

다섯 살 정도일 때는 장인인 아버지를 동경해 자기도 망치를 잡겠다며 대장간을 시끄럽게 만들던 녀석이었다.

그런 녀석이 무공을 배우더니, 변했다.

정확히는 검기를 쓸 수 있게 되면서 변했다.

난 놈은 난 놈이었다.

천우의 무재는 아버지인 남궁혁조차 감탄할 수준이었다.

설화도 잘 알고 있었다.

아마 오 년만 지나면 녀석은 설화의 실력을 가뿐히 넘어버릴 것이다.

어차피 그녀는 남궁혁의 뒤를 이어 장인으로서 남궁장인가를 이끌어 갈 거라 크게 상관없지만.

어쨌든, 열 살에 검기를 발출하고 대연검법을 펼치면 대연군림검이 자연스럽게 배어 나오는 이 어린 천재는, 자신도 할 수 있는 걸 못하는 아버지가 엄청나게 실망스러운 모양이었다.

그 전에는 아버지가 세상의 전부였으니 더했다.

남궁혁의 검에 대한 이해나 깊이는 감히 천우가 따라갈 수 없을 정도였지만, 천우는 그걸 알기엔 또 너무 어렸다.

그래서 어린 치기에, 남궁혁과의 대련에서 검기를 발출한 것이다.

검기 하나 못 쓴다고 남궁혁의 검에 대한 깊이가 고작 열 살 배기 절정 무인의 검기에 당할 정도는 아니었지만, 그래도 순간적으로 당황한 기색을 보인 건 사실이었다.

그 사실에 천우는 우월감, 그리고 동시에 좌절감을 함께 느꼈다.

세상의 전부 같았던 아버지보다 강한 나, 그리고 나보다도 약한 아버지가 가져다주는 충격은 열 살짜리가 겪기엔 다소 복잡한 감정이었다.

"다른 애들 아빠는 다 엄청 쎄단 말이야! 문학이나 세경이만 봐도 그렇잖아! 세경이는 심지어 엄마가 더 쎄다고!"

천우가 억울하다는 듯 고래고래 소리를 질렀다.

설화는 지끈지끈한 머리를 짚었다.

문학이라 함은 하북팽가주의 아들인 팽문학을, 세경이라 함은 모용가주의 아들인 모용세경을 말함이다.

팽가주인 팽천룡과 모용가주인 모용청연이 남궁혁과 오랜 친구인 데다가 남궁혁에게 각기 도와 검을 받은 후 이를 수리하기 위해서 수시로 자기 자식들과 드나들다 보니 절로 비교가 되는 모양이었다.

게다가 어린애들끼리 만나면 다들 누구 아빠가 더 강하

네, 누구 엄마가 더 강하네 갖고 싸우는 것이 바로 무림의 아이들인지라…….

민도영이야 원래 무공을 익히지 않은 사람이니 그렇다 쳐도, 아버지가 다른 부모들과 대련조차 할 수 없는 사람인 것에 자존심이 꽤 상한 모양이었다.

"넌 왜 이상한 걸 갖고 비교하고 그러니? 아버지께선 중원 제일의 장인이셔. 팽가주님이나 모용가주님이 아버지만큼 대단한 무기를 만들 수 있는 줄 아니?"

"그건 그렇지만……."

"정마대전을 끝낸 천신이검도 아버지의 작품이야. 그 검이 없었다면 네가 말하는 두 분이 마교를 막아 내셨을 거 같아?"

이건 너무나도 확실한 사실이었기에 천우는 고개를 도리도리 저었다.

인정할 수밖에 없지 않나.

자신의 아버지는 무림사에 유례를 찾아보기 힘든 전무후무한 대 장인이었다.

그것도 충분히 자랑할 만한 일이었다.

무림맹 모임에 가서 내 아버지가 남궁혁이다 하면 무인들이 슬금슬금 모여들어서 어떻게든 아버지와 연이 닿아 보려고 하는 것을 천우라고 왜 모르겠는가.

아, 무기를 쓰지 않는 권법가들만 빼고 말이다.

"잘 알아들었으면 이제 일어나. 그리고 같이 아버지께 가자. 가서 사과드려."

"……알았어."

천우는 고분고분 자리에서 일어났다.

사실 그도 남궁혁의 당황한 표정이 계속 신경 쓰이던 차였다.

아버지에게 상처를 입혔다는 사실을 어린 나이에 어렴풋이 파악한 것이다.

두 소년 소녀는 대련으로 엉망이 된 옷매무새를 다듬고 본채로 향했다.

그런데 좀 이상했다. 하인들이 분주하게 돌아다니고 있었다.

손님이 온 것이 분명했다.

두 사람의 생각이 맞았다. 본채에는 손님이 있었다.

방 안에 들어서자 익숙한 얼굴이 보였다.

"팽 가주님!"

"팽 숙부!"

설화가 팽천룡을 보자마자 공손히 인사를 한 데 반해, 천우는 쪼르르 달려가 팽천룡의 목에 매달렸다.

팽천룡은 흐뭇한 미소를 지으며 천우를 안고 등을 토닥

여 주었다. 그리고 설화의 인사도 받아 주었다.

"오랜만이구나, 설화야."

"숙부, 왜 이렇게 오랜만에 오셨어요!"

설화에게 건네는 인사도 잘라먹고 천우가 볼멘소리로 물었다.

당대 천하제일인이라 불리는 팽천룡은 천우가 가장 좋아하는 어른이었다.

마흔도 안 된 나이에 천하제일인의 자리에 오른 데다가, 무림사에서 그 누구도 넘본 적 없는 초월경이라는 경지를 이룩한 자.

무공을 익히는 자로서 어찌 팽천룡을 존경하지 않을 수 있을까.

자기 자식에게는 한없이 엄한 그도 친우의 아이인 설화와 천우에게는 유독 다정해서, 천우는 그를 잘 따랐다.

"너, 아버지께도 인사드려야지."

설화가 그런 천우의 귀를 잡아끌어냈다.

이제야 무슨 이유로 여기 왔는지 기억이 난 천우가 슬금슬금 뒷걸음질 치고선 남궁혁에게 인사했다.

남궁혁은 빙긋 웃으며 두 아이의 인사를 받아주었다.

"둘이 무슨 일로 왔어?"

친구 같은 아버지인 남궁혁은 아까의 민망한 일에도 스

스럼없이 웃으며 말을 건넸다.

거기에 팽천룡까지 있는 상황.

천우는 차마 이 앞에서 남궁혁에게 사과하기가 어려웠
다.

그걸 눈치 챈 설화가 선수를 쳤다.

"두 분 먼저 말씀 나누세요. 저희는 천천히 할게요."

"그래? 우리가 어디까지 얘기했더라?"

남궁혁도 천우가 대충 무슨 얘기를 할지 눈치를 챈 듯,
다시 화제를 팽천룡과의 대화로 돌렸다.

"모용가주에 대한 얘기를 하고 있었지."

팽천룡은 그들의 분위기를 모른 척하곤 차로 손을 뻗었
다. 나이가 들면서 생긴 눈치였다.

"그래, 맞아. 어서 아들 키워서 빨리 임시 가주직 내려놓
고 싶어 죽겠다던데. 체질에 안 맞아서 힘들대. 남편이랑
중원 유람이나 떠나고 싶다 하더라고. 그 사달이 났을 때
웬만큼 직계에 가까운 사람이 다 죽어 버렸으니, 할 수 있
는 사람이 청연이밖에 없었잖아."

"그녀는 충분히 잘하고 있다. 여자가 가주를 한다는 건
무림사에 유례없는 일이긴 하지만, 생각해 보면 해남검문처
럼 여인으로만 꾸려진 문파도 있으니 안 될 것도 없다 할 수
있지. 세간에는 모계로 이어지는 가문도 있고."

팽천룡이 모용청연의 편을 들었다.

사실 모용청연이 임시라고는 해도 가주직을 맡아 수행할 수 있던 건 팽천룡의 덕이 컸다.

모용가 사람들이야 모용청연을 인정해도, 여자 가주를 다른 세가나 문파가 인정하지 않아 어려움이 컸으니까.

하지만 팽천룡이 모용청연을 인정하자 분위기가 달라졌다.

그 인정의 방식이 조금 웃겼는데, 팽천룡이 대놓고 모용청연에 대한 경쟁 의식을 불태운 것이다.

실력이며 정마대전에서 이룩한 공은 두말할 것도 없고, 천하제일인이 경쟁자로 대하는 대상이 되자 모용청연의 위상은 한순간에 달라졌다.

어떻게 말하면 팽천룡이 모용세가를 다시 일으킨 일등공신이라고나 할까.

그래 봤자 두 사람 사이에 사적인 친분은 쌓지 않아서 서로에 대한 이야기는 남궁혁을 통해 듣는 게 고작이었지만 말이다.

"그런데 혁이 너, 얼굴의 상처는 뭐지?"

"이거?"

남궁혁이 뺨을 매만졌다. 손으로 만져도 거의 티가 안 나는 실금 하나가 그어져 있었다.

"아까 우리 천우가 내게 멋진 공격을 했지."

"천우가?"

"대련을 하는데 검기를 발출해 내지 뭐야. 이제 완전히 절정의 고수라니까."

남궁혁은 소탈하게 웃었지만 천우의 얼굴은 시커멓게 죽었다.

팽천룡은 예의범절에 엄격했다.

그의 아들인 팽문학은 제 아버지 앞에선 숨이 막힌다고 할 정도였다.

아무리 천우를 예뻐하는 그라지만, 남궁혁에게 저지른 무례까지 웃어넘기진 않을 거라는 걸 천우도 잘 알고 있었다.

팽천룡은 금세 상황을 파악했다.

정마대전 이후, 남궁혁은 다행히 정신을 차리고 일어났지만 다시는 무공을 익힐 수 없는 몸이 되었다.

마신을 상대하면서 그의 단전이 완전히 으스러진 것이다.

정마대전과 관련해 남궁혁의 이름이 널리 퍼지지 않은 것도 이런 이유 때문이 컸다.

더 이상 무공을 쓸 수 없는 폐인인데 괜히 그런 쪽으로 유명세를 얻어 귀찮아지기 싫다는 이유였다.

하지만 그는 여전히 뛰어난 장인이었고, 마신을 쓰러트린 그 검이 남궁혁의 손에서 태어났다는 건 그를 충분히 유명하게 만들었다.

전처럼 자신의 내공을 써 명검을 만들어 내진 못했지만, 종종 들르는 팽천룡과 모용청연 등 친우들의 내공을 통해 몇 해에 한 번 전설적인 무기들을 만들어 내곤 했으니까.

간혹 그가 무공을 전혀 쓰지 못하게 됐다는 것을 고소해하거나 대놓고 면전에서 빈정거리는 못된 자들이 있었다.

그런 자들에 대한 정보가 매은각에 접수되면 팽천룡이나 모용청연이 아무도 모르게 처리해 버리곤 했다.

하지만 남궁혁의 아들인 천우가 그런 짓을 하다니.

팽천룡의 심기도 무척이나 복잡했다.

남궁혁은 사람 좋은 미소를 짓고 있었지만, 속이 좋지 않을 게 분명했다.

동시에 화도 났다.

남궁혁은 자신이 존경하는 유일무이한 무인이었다.

남궁혁이 없었다면 지금의 자신도 없었다.

아들인 팽문학에게도 남궁혁에 대한 얘기를 수십, 수백 번이나 할 정도였다.

그런데 정작 남궁혁의 아들이 그를 존경하고 있지 않다니.

한숨이 절로 나왔다.

그가 한숨을 내뱉자 천우가 잔뜩 긴장하는 것이 느껴졌다.

자기 아버지에게 반응하는 것이 아니라 팽천룡에게 반응한 것이다.

이래서야 남궁혁에게 미안해 얼굴을 들 수가 없지 않나.

천우의 반응도 이해가 갔다.

팽천룡도 천우보다 몇 살 많은 아들을 키워 봤으니까.

이 민망한 분위기를 타파하기 위해, 팽천룡이 입을 열었다.

"……옛날 얘기를 하나 하지."

"무슨 옛날 얘기?"

"내가 존경했던, 그리고 지금도 존경하는 유일무이한 무인에 대한 얘기다. 천우가 들으면 좋을 것 같군."

"팽 숙부가 존경하는 유일무이한 무인이요?"

맥락 없이 튀어나온 말에도 팽천룡의 말이라면 그저 좋다는 듯, 천우가 눈을 빛냈다.

설화도 처음 듣는 얘기라 호기심이 생기는지 바짝 앞으로 다가갔다.

남궁혁은 팽천룡이 무슨 얘기를 하려는지 눈치를 챈 듯했다.

그는 민망하게 뒷목을 긁으며 자리에서 일어났다.

"그럼 네가 우리 애들 데리고 얘기 좀 하고 있어. 시간 되면 대련이라도 해 주던가. 난 일이 좀 바빠서."

남궁혁은 부리나케 방을 빠져나갔다.

아무리 낯짝이 두껍다곤 해도 시종일관 이어지는 자신에 대한 찬사는 듣기 어려운 법이니까.

그것도 자기 아이들이 있는 앞에서 말이다.

남궁혁이 나가자 팽천룡은 자신의 입만 뚫어져라 바라보고 있는 천우와 설화에게 빙긋 미소를 지으며 입을 열었다.

"내가 그를 만난 건, 우리가 둘 다 스물을 좀 넘겼을 때였다. 처음부터 이상하게도 눈을 뗄 수가 없는 무인이었지. 나는 그가 그렇게 위대한 이가 될 거라고, 처음 만났던 그때는 미처 상상도 하지 못했단다……."

〈남궁장인 완결〉